www.ingramcontent.com/pod-product-compliance
Lightning Source LLC
LaVergne TN
LVHW050816051026
849532LV00008B/2995
* 9 7 8 9 3 5 8 7 2 7 0 0 5 *

# کہانی کے پیچھے کہانی

(بچوں کی کہانیاں)

مرتبہ:

فرح عندلیب

**Kahani ke peeche Kahani** (Short Stories)
by: Farha Andaleeb
Edition: September '2025
Publisher :
*Taemeer Publications LLC* (Michigan, USA / Hyderabad, India)

ISBN 978-93-5872-700-5
9 789358 727005



| | | |
|---|---|---|
| کتاب | : | **کہانی کے پیچھے کہانی** |
| مرتب | : | **فرح عندلیب** |
| پروف ریڈنگ / تدوین | : | سید حیدرآبادی |
| بہ تعاون | : | روشنائی ڈاٹ کوم [roshnai.com] |
| صنف | : | ادب اطفال |
| ناشر | : | تعمیر پبلی کیشنز (حیدرآباد، انڈیا) |
| سالِ اشاعت | : | ۲۰۲۵ء |
| صفحات | : | ۶۴ |
| سرورق ڈیزائن | : | تعمیر ویب ڈیزائن |

# فہرست

ا

# خواہشوں والا غبارہ

## مصنفہ:Enid Blyton، مترجم: محمد الیاس نواز

ایک دن، چِک چِک نامی بونے کو پیلے رنگ کا ایک غبارہ ملا جس کی ڈوری جھاڑی میں اٹکی ہوئی تھی۔ وہ بڑا خوش ہوا کیونکہ یہ خواہشوں والا غبارہ تھا اور شاید کسی جادوگرنی سے اڑ گیا تھا۔ اس نے سوچا کہ اب تو ضرور اس سے کچھ مزے مزے کی خواہشیں پوری کروں گا۔

وہ غبارہ لیے گھر کی طرف چل پڑا۔ ذرا ہی آگے گیا تھا کہ اس کی ملاقات اپنے دوست ٹُم ٹُم سے ہوگئی۔ اس نے سوچا کہ چونکہ ٹُم ٹُم کو یہ اندازہ نہیں ہے کہ یہ جادوئی غبارہ ہے، تو کیوں نہ ٹُم ٹُم کے سامنے ذرا بڑائی کا اظہار کیا جائے۔

"سنو ٹُم ٹُم!" اس نے کہا۔ "کیا بات ہے، تمہیں ٹھنڈ لگ رہی ہے؟"

"کاش سورج نکل آئے۔" ٹُم ٹُم نے کپکپاتے ہوئے کہا۔ "مجھے سردی لگ رہی ہے۔"

"تمہاری خاطر سورج بھی نکال لیتے ہیں۔" چِک چِک نے شیخی بگھاری اور پھر کہا۔ "کاش سورج نکل آئے۔" اس کی خواہش فوراً پوری ہوگئی اور سورج پوری آب و تاب سے چمکنے لگا۔ ٹُم ٹُم حیرت سے منہ پھاڑے چِک چِک کی طرف دیکھنے لگا۔

"اوہ! یعنی آج صبح تمہاری خواہشیں پوری ہو رہی ہیں؟" اس نے کہا۔ "کوئی اور خواہش کرو چِک چک!"

"کاش مجھے چاکلیٹوں کا اور تمہیں ٹافیوں کا تھیلا مل جائے۔" چِک چک نے جیسے ہی کہا، اس کے ہاتھ میں بڑی بڑی چاکلیٹوں کا ایک پھولا ہوا تھیلا آ گیا اور ٹم ٹم کے ہاتھ میں بھی ٹافیوں کا ایک چھوٹا تھیلا آ گیا۔ ٹم ٹم کو اس سے مایوسی ہوئی کیونکہ وہ بھی چاکلیٹ ہی کھانا چاہتا تھا۔

"تم بہت ہی مطلبی ہو۔" اس نے کہا۔ "مجھے بھی چاکلیٹ چاہیے۔"

"تمہیں وہی چیز ملے گی جس چیز کی خواہش میں تمہارے لیے کروں گا۔" چِک چک نے ناراضی سے کہا۔ "اب میں کچھ اور مانگتا ہوں۔ کاش مجھے اپنے لیے سرخ رنگ کی ایک نئی اور عمدہ کار اور تمہارے لیے نیلے رنگ کی سائیکل مل جائے۔"

اچانک اس کے پاس چمکتی ہوئی ایک نئی سرخ کار نمودار ہوئی اور ٹم ٹم کے پاس ایک نئی سائیکل کھڑی نظر آئی۔ چِک چک جلدی سے اپنی نئی کار میں بیٹھا اور فخریہ انداز میں ہارن بجانے لگا۔ مگر ٹم ٹم نے اپنی سائیکل کو گھسیٹ کر زمین پر پھینک دیا۔

"تم بہت ہی مطلبی اور خود غرض ہو۔" وہ چِک چک کی طرف چلایا۔ "تم جتنی اچھی چیزیں اپنے لیے مانگتے ہو، اتنی اچھی میرے لیے نہیں مانگ سکتے؟ میرے لیے بھی ایک کار مانگو!"

"نہیں!" چِک چک بولا۔ "سائیکل چاہیے تو لے سکتے ہو۔"

"مجھے یہ نہیں چاہیے!" ٹم ٹم نے کہا، اور سائیکل کے پہیے کو اس زور سے ٹھوکر ماری کہ وہ ٹوٹ گیا۔

"ارے تم دفع ہو جائو۔۔۔! بد صورت اور ناشکرے بونے!" چِک چِک غصے سے چلایا۔ "میں تو کہتا ہوں تم کانٹوں بھری جھاڑیوں کے بستر پر جا پڑو۔۔۔!"

بے چارہ ٹم ٹم اگلے ہی لمحے کانٹوں بھری جھاڑی میں پھنسا ہوا تھا اور ایسے چلا رہا تھا جیسے جھاڑی کے پتے اسے ڈنک مار رہے ہوں۔ وہ چھلانگ لگا کر جھاڑیوں سے نکلا اور پاس آکر چِک چِک کے گال پر تھپڑ جڑ دیا۔ چِک چِک نے غصے میں گاڑی سے چھلانگ لگائی اور ٹم ٹم کی ناک پر مکا دے مارا۔ پھر وہ چھوٹے شیروں کی طرح ایسے لڑے کہ دیکھنے والے خوف کھانے لگے۔ اسی لڑائی کے دوران ہوا کا ایک جھونکا آیا اور خواہشوں والا پیلا غبارہ ہوا میں تیرنے لگا۔ تھوڑا آگے جا کر وہ کانٹوں والی ایک جھاڑی میں اٹکا اور "ٹھاہ" کی آواز کے ساتھ پھٹ گیا۔ اس طرح یہ معاملہ یہیں ختم ہو گیا۔ چِک چِک نے آواز سن کر ادھر ادھر دیکھا۔ آہ، اس کا پیارا سا خواہشوں والا غبارہ!

وہ رونے لگا۔ پھر اس نے ٹم ٹم کو ساری بات بتائی تو دونوں احمق بونے ایک ساتھ بیٹھ کر رونے لگے۔ کار، سائیکل، ٹافیاں اور چاکلیٹ۔۔۔ غبارے کے پھٹتے ہی سب کچھ غائب ہو گیا۔ اب ان کے پاس کچھ بھی نہ تھا۔

"کاش ہم نے جھگڑا نہ کیا ہوتا!" چِک چِک روتے ہوئے بولا۔ "شاید ہمیں پھر کسی دن کوئی خواہشوں والا غبارہ مل جائے۔۔۔ اور شاید اس وقت ہم زیادہ سمجھ دار ہوں۔۔۔"

مجھے ڈر ہے کہ اب انہیں کبھی کوئی غبارہ نہ مل سکے گا۔۔۔ آپ کیا کہتے ہیں؟

***

۲

# حقیقت

## مقبول انور داؤدی

انفلوئنزا کی وبا میں میرے ابا اور امی اللہ کو پیارے ہو گئے۔ اُس وقت میری عمر کوئی گیارہ سال ہو گی۔ دو بڑی بہنیں تھیں جن کی شادی ہو چکی تھی۔ ایک بہن اور ایک بھائی مجھ سے بھی چھوٹے تھے۔ گھرانا اچھا تھا۔ ابا مرحوم کو علم سے شوق ہی نہیں عشق تھا۔ فرمایا کرتے کہ میں اپنے بیٹے کو بڑا صاحب علم بناؤں گا لیکن قدرت اِن کے ارادوں پر مسکرا رہی تھی۔

ماں باپ کا انتقال کیا ہوا ہم پر مصیبتوں کا پہاڑ ٹوٹ پڑا۔ میں پڑھنا چاہتا تھا مگر پڑھنے کی کوئی صورت نہ تھی۔ رشتہ دار اور عزیز آتے، ماتم اور افسوس تو انہیں کیا کرنا تھا، صرف جائداد کو تاکنے آتے اور جس کے جو ہتے چڑھ جاتا، لے جاتا۔

گھر صاف ہو چکا تو اب سب بزرگوں کی صلاح کہیں ٹھہری کہ میں پڑھنے کا خیال ترک کر کے محنت مزدوری کروں اور چھوٹے بہن بھائی کے لیے روٹی مہیا کروں۔ میں نے بزرگوں کے کہنے پر عمل کیا اور امرتسر چلا گیا۔

امرتسر میں ایک بزرگ کے وسیلے سے ورکشاپ میں ملازمت مل گئی۔ میرا

استاد ان پڑھ لیکن اپنے کام میں خوب ماہر تھا، دو چار اور شاگرد بھی تھے۔ ہمارا کام دُور سے کوئلہ لانا اور بھٹی دہکانا تھا۔ ناز و نعم میں پلا ہوا بچہ اس مشقت کو کب تک برداشت کرتا۔ اس سے میری صحت پر بھی بہت برا اثر پڑا، لیکن روزی کی فکر غریبوں کی صحت کو کیسے قائم رہنے دیتی ہے۔

چند ماہ اسی طرح گزر گئے۔ ایک دن ہمارے استاد آئے تو وہ بڑے کھوئے کھوئے سے تھے۔ سیدھے منہ بات کرنا تو الگ رہا کسی کی بات کا جواب بھی نہ دیتے تھے۔ چہرے سے معلوم ہو رہا تھا کہ کوئی بہت بڑا صدمہ گزرا ہے۔ اس دن اُنھوں نے کام کو بھی ہاتھ نہ لگایا۔ سارے شاگرد حیران تھے اور استاد گم صم۔

آخر میں نے جرأت کر کے پوچھ ہی لیا کہ "اُستاد جی! کیا بات ہے، آج آپ اتنے غمگین کیوں ہیں؟ "

انھوں نے ایک ٹھنڈی سانس لی اور کہنے لگے۔ "جاؤ بیٹا! آج آرام کرو۔ میری طبیعت خراب ہے۔" اور اس کے ساتھ ہی بے ساختہ یہ کلمہ بھی اُن کے منہ سے نکل گیا۔ "جب قسمت ہی خراب ہو اور تقدیر ہی اُلٹی ہو تو انسان کیا کر سکتا ہے۔"

میں نے اصرار کیا۔ "آپ بتائیں تو سہی کہ آپ کو کیا صدمہ پہنچا ہے؟"

آخر بڑی مشکل سے کہا۔ "بیٹا! کیا بتائوں، میری قسمت پھوٹ گئی۔ میرے لڑکے شفیع کو تم جانتے ہی ہو۔ اللہ آمین کا ایک ہی بیٹا ہے۔ رات اُس نے ماں کو بُری طرح مارا اور گھر سے زیور لے کر بھاگ گیا۔ آہ! اس کو میں نے بڑھاپے کا سہارا سمجھا تھا، وہ مجھے یوں دغا دے گیا۔"

یہ کہتے ہوئے اُستاد کی داڑھی پر آنسو موتی بن کر چمکنے لگے۔ جب اُن کا دل ہلکا

ہوا تو میں نے کہا۔ "اگر برا نہ مانیں تو عرض کروں؟"

"جو چاہو کہو، میں بدنصیب اب چھوٹوں کی باتیں بھی سنوں گا۔"

میں نے ڈرتے ڈرتے کہا۔ "اُستاد جی! آپ بڑے نیک انسان ہیں۔ لیکن ایک بات عرض کرتا ہوں کہ اب تو آپ بیٹے کی جدائی پہ آنسو بہا رہے ہیں۔ مجھے اندیشہ ہے کہ بچے کی غلط تعلیم و تربیت کی بدولت آپ کی ساری نیکیاں ہی ضائع نہ ہو جائیں۔"

اُستاد صاحب حیران ہو کر بولے۔ "میری نیکیاں برباد ہو جائیں گی؟ آخر کیوں؟ میں نے کیا گناہ کیا ہے؟ یہ میری قسمت کا قصور ہے کہ میرا بیٹا نالائق نکلا۔ کون باپ چاہتا ہے کہ اُس کی اولاد نیک نہ ہو؟"

میں نے کہا۔ "یہ تو کوئی نہیں چاہتا لیکن اس کے باوجو ماں باپ ہی بچے کے بگاڑ کا باعث ہوتے ہیں۔"

وہ چمک کر بولے۔ "تو کیا میں نے اپنے بچے کو خراب کیا ہے۔ کیسی احمقانہ باتیں کرتے ہو؟"

میں نے کہا۔ "میری بات سُن لیجئے۔ اس کے بعد آپ کو حق ہے کہ آپ مانیں یا نہ مانیں۔ یہ آپ کا ایک ہی لڑکا تھا۔ آپ نے اُسے بڑی منتوں سے پالا ہو گا۔"

کہنے لگے۔ " تعویذ گنڈے کیے، مزاروں پر چڑھاوے چڑھائے، نذر نیاز دی اور جب یہ کم بخت پیدا ہوا تھا تو میں نے پانچ سو روپیہ خرچ کیا تھا۔ ساری برادری کی دعوت کی۔ بھانڈ اور مراسی جھولیاں بھر بھر کر لے گئے۔"

میں نے بیساختہ کہا۔ "شاید جب اُس نے پہلی دفعہ ماں کو گالی دی ہو گی تو آپ

نے لڈو بھی بانٹے ہوں گے ؟"

میری یہ بات سن کر استاد کا منہ کھلا کا کھلا رہ گیا۔ حیران ہو کر بولے۔ "تم کو کیسے پتہ چلا۔ تم تو اس سے بہت چھوٹے ہو؟"

میں نے کہا۔ "میں نے سنا تو نہیں، لیکن عام طور پر ہمارے لاڈلے بچوں کا یہی دستور ہوتا ہے۔"

ایک لمبی آہ بھر کر کہنے لگے ۔" جس دن اُس نے ماں کو گالی دی تھی ہم نے بیس سیر لڈو بانٹے تھے۔"

میں نے کہا۔ "اسی لیے تو میں نے عرض کیا ہے کہ آپ بیٹے کو نہ روئیں۔ اپنی غلط تربیت پر آنسو بہائیں اور خدا سے ڈریں جو آپ سے پوچھے گا کہ میں نے ایک معصوم کو تمہارے پاس بھیجا تھا جس کو تم نے اپنی غلط تربیت سے برا آدمی بنا دیا۔۔۔"

میں کچھ اور کہنا چاہتا تھا لیکن اُستاد فوراً سجدے میں گر گئے اور دیر تک آنسو بہاتے رہے۔

***

۳

# صبح کا بھولا

## ڈاکٹر یونس جاوید

گھر سے اسکول جاتے جاتے اچانک حامد کے دل میں خیال آیا کہ آج چھٹی ہی کیوں نہ کی جائے۔ تمام دن سڑکوں پر گھوما پھرا جائے۔ باغ کی سیر کی جائے۔ تتلیاں پکڑی جائیں اور درختوں کے نیچے بیٹھ کر ٹھنڈی چھاؤں اور مزے دار کہانیوں کا لطف اٹھایا جائے۔ شاید یہ بات اس لئے اس کے دل میں آگئی تھی کہ آسمان پر اُجلے اُجلے بادل چھائے ہوئے تھے۔ شروع گرمیوں کا موسم تھا اور گھر سے نکلتے ہی جو ٹھنڈی خوشگوار ہوا حامد کے سینے میں بھری تو اس نے اسکول جانے کا پروگرام ملتوی کر دیا۔

"گھر والوں کو پتا نہ چل جائے۔" اس کے دل میں خیال آیا۔

"لو۔۔۔ بھلا گھر والوں کو کس طرح علم ہو سکتا ہے۔ میں گھر عین وقت پر جاؤں گا جس طرح ہر روز اسکول سے واپس جاتا ہوں۔" حامد نے اپنے دل میں آئے ہوئے خیال کو جھٹک دیا اور اسکول جانے والے راستے سے ہٹ کر دوسری سڑک پر ہولیا۔

یہ سڑک ایک باغ میں جا نکلتی تھی۔ باغ کے بالکل ساتھ چڑیا گھر بھی تھا، جس میں مور، راج ہنس، شیر، چیتا، ریچھ، ہرن وغیرہ تھے مگر حامد کا خیال تھا کہ پہلے باغ کی سیر کی جائے۔ سو وہ تیز تیز چلتا ہوا باغ میں آگیا۔ اسے دیکھ کر حیرت ہوئی کہ باغ میں اس وقت رونق یا بھیڑ نہیں ہے۔ اس کا خیال تھا کہ میری طرح بہت سے اور لڑکے بھی اسکول سے بھاگ کر آئے ہوں گے۔ مگر یہاں تو باغ کے مالیوں کے سوا اور کوئی تھا ہی نہیں۔ وہ کچھ سوچتا ہوا ایک پہاڑی پر چڑھ گیا اور ایک کونے میں رکھے ہوئے خوبصورت بینچ پر آ بیٹھا۔ یہاں تک آتے ہوئے وہ تھک سا گیا اور ابھی تک خاک بھی لطف نہ آیا تھا۔ بستہ زمین پر رکھ کر وہ بینچ پر لیٹ جانا چاہتا تھا کہ اسے دو تین رنگ برنگی تتلیاں نظر آئیں۔ اس کا دل باغ باغ ہو گیا۔ کتنی خوبصورت ہیں یہ تتلیاں، ادھر سے ادھر اڑ رہی تھیں۔ جب حامد ان کے قریب پہنچتا تو وہ پھر سے اُڑ کر دُور جا بیٹھتیں۔ اس بھاگ دوڑ میں وہ پہاڑی کے دوسرے کنارے تک چلا گیا۔ یہاں تین چار تتلیاں ایک ساتھ بیٹھی تھیں۔ اس نے رومال پھینک کر دو پکڑ لیں۔ انہیں رومال میں باندھ لیا۔ باقی اُڑ کر نیچے کی طرف جا رہی تھیں اور وہ ان کے پیچھے پیچھے دُور تک چلا گیا اور بڑی تگ و دو کے بعد ایک تتلی اور پکڑ سکا۔ وہ اس وقت تھکن محسوس کر رہا تھا۔ وہ تتلی کو جیب میں ڈال کر رومال میں بندھی تتلیوں کو تلاش کرنے لگا، جنہیں وہ ایک درخت کے نیچے رکھ گیا تھا۔ مگر اسے سخت افسوس ہوا۔ دو تتلیوں میں سے ایک اُڑ چکی تھی۔ ناچار اس نے دونوں کو رومال میں باندھ لیا اور بستے کو تلاش کرنے لگا۔ سامنے ہی بینچ تھا، وہ دوڑ کر قریب آیا تو اس کے نیچے بستہ نہیں تھا۔ وہ بڑا حیران ہوا۔ جس طرف نگاہ اُٹھا کر دیکھتا اسے کوئی نہ کوئی بینچ دکھائی دیتا۔

لیکن ان کے نیچے بستہ نظر نہ آتا تھا۔ شاید وہ بھول چکا تھا کہ اس نے کسی بینچ کے نیچے رکھا ہے۔ ایک گھنٹے تک وہ مارا مارا پھرتا رہا۔ اسے پیاس بھی لگ رہی تھی۔ وہ آہستہ آہستہ چلتا ہوا پہاڑی سے نیچے اُترنے لگا۔ سامنے ایک بینچ تھا۔ اس کے نیچے اس کا زرد بستہ رکھا تھا۔ وہ بھاگ کر قریب پہنچا اور بستے کو اُٹھانے کے لیے ہاتھ بڑھایا تو اس کی چیخ نکل گئی۔ وہ جنگلی بلا تھا جو سو رہا تھا۔ وہ پہلے تو غرایا اور پھر اس نے زور سے چھلانگ لگائی کہ حامد پہاڑی پر سے پھسلتے پھسلتے بچا۔ اس کا دل دھک دھک کر رہا تھا۔

وہ مایوس ہو کر سہما ہوا مڑا تو اس کے پاؤں کے بالکل قریب سے ایک مینڈک اچھل پڑا۔ وہ مینڈک سے ڈرتا تو نہیں تھا۔ مگر اچانک اس کے اچھلنے سے ڈر گیا تھا۔

اسے یاد آیا کہ اس جگہ سانپ سے بھی سامنا ہو سکتا ہے۔ اس خیال کا آنا تھا کہ اس کے سامنے کالے سیاہ اور زرد زرد سانپ رینگنے لگے۔ اس نے ایک منٹ تک آنکھیں بند رکھیں اور پھر براسامنہ بنا کر پہاڑی سے اترنے لگا۔ سڑک پر آکر اس کے دل سے ایک بوجھ اترتا ہوا محسوس ہوا۔ اس نے اطمینان کا سانس لیا اور چلنے ہی والا تھا کہ خیال آیا کہ بستہ پہاڑی پر رہ گیا ہے۔ وہ اس خیال سے اُداس ہو گیا۔ دوبارہ پہاڑی پر چڑھنے کی اس میں ہمت نہیں تھی۔ وہ بغیر سوچے سمجھے سڑک پر چلنے لگا۔ جوں جوں آگے بڑھ رہا تھا، اُس کے پاؤں من من کے ہو گئے تھے۔ وہ بستہ لئے بغیر گھر کیوں کر جا سکتا ہے۔ یوں تو سارا بھانڈا پھوٹ جائے گا اور شاید پھر اس پر اعتماد نہ کیا جائے اور اسکول کے لڑکے بھی اسے آوارہ سمجھیں اور ماسٹر صاحب بھی اسے نالائق لڑکوں کی فہرست میں جگہ دیں۔ ہائے! وہ کیوں اسکول نہ چلا گیا۔

اب چڑیا گھر کی دیوار شروع ہو گئی تھی۔ دیوار کیا تھی۔ جنگلہ تھا جس میں سے اکثر جانور دکھائی دے رہے تھے۔ وہ جنگلے کے پاس کھڑا ہو کر ہرن کو دیکھنے لگا جو گھاس کھا رہا تھا۔ اس کے دائیں طرف پانی کے چھوٹے سے جوہر میں راج ہنس تیر رہے تھے اور دُور سے شیر کے دھاڑنے کی آواز بھی آ رہی تھی۔ وہ ایک منٹ کے لئے بستے کو بھول گیا اور جانور دیکھنے لگا۔ کچھ اور لوگ بھی پنجروں سے کچھ دور کھڑے جانور دیکھ رہے تھے اور انہیں چنے وغیرہ بھی کھلا رہے تھے۔ یکا یک اسے طاہر نظر آیا۔

طاہر اس کا خالہ زاد بھائی تھا اور اس سے دو برس بڑا تھا۔ اُس نے سوچا اگر طاہر مان جائے تو بستہ تلاش کیا جا سکتا ہے اور یہی کچھ سوچ کر اُس نے فوراً طاہر کو آواز دی مگر طاہر تک یہ آواز نہ پہنچ سکی۔ طاہر وہاں سے ہٹ کر بندر دیکھنے آگے نکل گیا۔

حامد اس وقت بڑا بے چین تھا۔ اُسے بستہ تلاش کر لینے کا ایک راستہ دکھائی دیا تو تھا مگر اب چڑیا گھر کے ٹکٹ کی مجبوری تھی اور جیب میں صرف دس پیسے تھے۔

اچانک اُسے ایک ترکیب سوجھی۔ اس کے سامنے ایک جگہ سے جنگلہ ٹوٹا ہوا تھا۔ ادھر اُدھر دیکھ کر اس نے قدم آگے بڑھائے اور چاہتا تھا کہ اندر کود جائے مگر سڑک پر دو راہگیروں کے آگے جانے سے وہ رک گیا۔ وہ لوگ گزر گئے تو اس نے دوبارہ ہمت باندھی اور ٹوٹے ہوئے جنگلے سے اندر قدم رکھ دیا۔ ایک لمحے میں وہ چڑیا گھر کے اندر تھا۔

وہ خود تو اندر پہنچ گیا تھا مگر ٹوٹے ہوئے جنگلے کی ایک کیل میں اس کی قمیض بُری طرح پھنس گئی تھی جسے چھڑانے کے لئے اُسے دو منٹ رکنا پڑا۔ کوشش کے

باوجود قمیض تار میں اٹکی رہی۔ اس نے ایک جھٹکے سے قمیض علیحدہ کی تو وہ اوپر تک پھٹ گئی۔

وہ ابھی اپنی پھٹی ہوئی قمیض دیکھ ہی رہا تھا کہ ایک خاکی وردی والے چڑیا گھر کے نگران نے اُسے گردن سے دبوچا۔ اس کی چیخ تک نہ نکل سکی۔ اُس نے ہاتھ پاؤں مار کر اپنے آپ کو چھڑانے کی کوشش کی مگر بے سود۔ ناچار وہ ہانپ کر رہ گیا۔

"مجھے چھوڑ دو۔" اس نے ممیا کر کہا۔

"کیوں چھوڑ دو؟ تم بغیر ٹکٹ اور غلط راستے سے اندر آئے۔۔۔ تمہیں اب پولیس کے حوالے کیا جائے گا۔" پولیس کا نام سن کر تو حامد کے پاؤں تلے سے زمین نکل گئی۔ آنکھوں میں آنسو آ گئے اور حلق سوکھنے لگا۔ وہ آدمی حامد کو اپنے دفتر کی طرف گھسیٹنے لگا۔ حامد پھس پھس کر کے رونے لگا تھا۔ اس نے لاکھ منتیں کیں مگر اس آدمی نے اُسے نہ چھوڑا اور اپنے افسر کے پاس لے گیا۔

یہ ایک بڑی بڑی مونچھوں والا سیاہ رنگ کا موٹا سا آدمی تھا۔ حامد اُسے دیکھ کر ہی ڈر گیا۔ مگر وہ آدمی قدرے رحم دل نکلا۔ اُس نے حامد سے سب حالات پوچھے۔ حامد نے اُسے سب کچھ بتایا اور پھر رونے لگا۔ اس بڑے افسر نے اسے تسلی دی اور کہا تمہیں بہت تھوڑی سزا ملے گی۔ صرف اتنی کہ آج شام تک تمہیں اس چھوٹے سے کمرے میں بند رہنا پڑے گا۔ اس نے یہ کہہ کر چپڑاسی کو اشارہ کیا تو واقعی چپڑاسی نے اسے چھوٹے سے تاریک کمرے میں بند کر دیا۔

اس کمرے میں حامد کا دم گھٹ رہا تھا۔ اُس کا دل پھوٹ پھوٹ کر رونے کو چاہ رہا تھا۔ کاش، وہ اسکول سے چھٹی نہ کرتا۔ وہ گھٹنوں میں سر دے کر سسکنے لگا اور دیر

تک سسکتا رہا حتیٰ کہ اس افسر نے خود دروازہ کھولا اور اس شرط پر رہا کر دیا کہ آئندہ کبھی وہ اسکول سے نہیں بھاگے گا۔ حامد نے وعدہ کیا اور کمرے سے باہر نکل آیا۔ چپڑاسی اُسے چڑیا گھر کے دروازے تک چھوڑنے آیا تھا۔

وہ اس وقت بے حد غمگین تھا۔ اتنا غمگین کہ اُسے بہت دیر تک چلنے کے بعد یہ بات معلوم ہوئی کہ اس کا ایک جوتا غائب ہے۔ ایک جوتا ایک پاؤں میں تھا، دوسرا جانے اس افراتفری میں کہاں گم ہو گیا تھا۔ اس کے دکھ میں اور بھی اضافہ ہو گیا۔

وہ پھٹی ہوئی قمیض، ایک جوتا ہاتھ میں پکڑے بغیر بستے کے روتا بسورتا جب گھر میں داخل ہوا تو شام ہو چکی تھی۔ اس کے ابا جان برآمدے میں کرسی پر بیٹھے کوئی کتاب پڑھ رہے تھے۔ انہوں نے حامد کو اس حالت میں دیکھا تو انہیں بہت غصہ آیا۔

حامد کچھ کہنے کے بجائے رونے لگا۔ رونے کی آواز سن کر امی دوڑتی آئیں اور بیٹے کی بلائیں لینے لگیں۔ حال پوچھا تو حامد نے شروع سے آخر تک سچ سچ بتا دیا۔ اس پر اس کے ابا جان کو اور بھی غصہ آیا مگر حامد نے فوراً کہا۔ "ان سب چیزوں کے باوجود میں نے آج کا سبق اچھی طرح یاد کیا ہے ابا جان۔"

"وہ کیا؟" اس کے ابا ذرا نرم ہو کر بولے۔

" یہ کہ اسکول سے نہیں بھاگنا چاہئے۔ تتلیوں کو یا کسی بھی پرندے یا جانور کو قید نہیں کرنا چاہیے۔ بغیر ٹکٹ کے چڑیا گھر میں داخل نہیں ہونا چاہیے۔" یہ کہتے ہوئے حامد نے رومال سے دونوں تتلیوں کو نکالا اور اچھال دیا۔ وہ ہوا میں اُڑنے لگیں اور سامنے درخت پر جا بیٹھیں۔

"خوب۔۔۔" اس کے ابو بولے۔" اگر واقعی تم نے ان تکلیفوں کے بعد یہ سبق سیکھا ہے تو پھر تم بڑے خوش قسمت ہو، لہٰذا تمہارا قصور معاف۔"

حامد مارے خوشی کے ماں سے لپٹ گیا۔ اس کے ابا بھی پاس کھڑے مسکرا رہے تھے۔

***

۴

# سلیمانی ٹوپی

## کلیم چغتائی

"یار واقعی سچ بتانا، اس ٹوپی کو پہن کر آدمی غائب ہو جاتا ہے؟" نسیم نے حیرت سے آنکھیں پھاڑتے ہوئے امجد سے پوچھا جو ابھی ابھی کسی حیرت انگیز ٹوپی کی خبر لے کر آیا تھا۔

"ہاں! نہیں تو اور کیا۔۔۔۔۔" امجد نے بڑے یقین کے ساتھ کہا۔ "شرفو بابا کی بات کبھی غلط نہیں ہوتی۔"

"پر یہ شرفو بابا ہے کون؟" نسیم نے بڑے اشتیاق سے پوچھا۔

"اوہ، تمیز سے نام لو، وہ تم سے بڑے ہیں اور پہنچے ہوئے بزرگ ہیں، شرفو بابا ہے کون۔ بھلا یہ کیا ہوا؟ شرفو بابا کون ہیں، کہنا چاہیے۔" امجد نے اسے ٹوک دیا۔ "خیر شرفو بابا، اگلی گلی کا نکڑ ہے نا، وہاں ایک مسجد ہے۔ اس مسجد کے برابر میں رہتے ہیں۔ ان کے پاس بڑی عجیب عجیب کرامات والی چیزیں ہیں۔"

"اچھا۔!!" نسیم کے منہ سے نکلا۔

"ہاں بھئی! ایک تو جادوئی انگوٹھی ہے ان کے پاس، اسے پہنے تو آدمی دن بھر

میں ایک گھنٹے کے لیے غائب ہو سکتا ہے۔ دوسرے 'اڑن جوتے' ہیں۔ انہیں پہن لو اور جہاں مرضی آئے اُڑتے پھرو۔ ایک اور جادو کا دستر خوان ہے، اس کو بچھا دیں اور جو کھانا چاہیں اس پر منگوالیں۔" امجد نے شرفو بابا کے عجائب پر تفصیل سے روشنی ڈالی۔

"واقعی!" نسیم کا منہ مارے حیرت کے کھل گیا۔ "یہ تم نے ساری چیزیں خود دیکھیں؟"

"نہیں میں نے تو نہیں دیکھیں، شرفو بابا نے خود ان چیزوں کے بارے میں بتایا تھا، ان کے ہاں ایک اور آدمی بھی آتا ہے، وہ بھی ان کی تائید کر رہا تھا۔" امجد نے بتایا۔

"یار ان سے وہ والی ٹوپی تو حاصل کی جائے، کسی طرح۔" نسیم کا چہرہ جوش کے مارے سرخ ہوا جا رہا تھا۔

"ایسے نہیں، باباجی کو خوش کرنا پڑے گا، موڈ میں آئیں گے تو ٹوپی بخش دیں گے، ورنہ نہیں۔" امجد نے مایوسی سے کہا۔

"کوشش کر لیتے ہیں، ان شاء اللہ کامیابی ہو گی۔"

"کب چلو گے باباجی کے پاس؟ ابھی؟" نسیم اسی وقت چلنے کے لیے تیار تھا۔

"ابھی نہیں شام میں، میں اکیلا ہی چلا جاؤں گا۔"

"چلو ٹھیک ہے۔"

دونوں اپنے اپنے گھروں کو چلے گئے۔

"کہو ملی ٹوپی؟" نسیم نے پوچھا۔

"نہیں!" امجد نے ذرا اداس لہجے میں جواب دیا۔ "بابا جی کہتے ہیں ٹوپی یہاں نہیں ہے، اس کے لیے ہزاروں میل دور جانا پڑے گا، وہ صرف ہماری خاطر یہ کام کرنے کے لیے تیار ہوئے ہیں لیکن اس کے لیے وہ کہتے ہیں کہ ہمیں تین سو روپے لا کر دینے ہوں گے۔ جو صرف ٹوپی کا ایک ہفتے کا کرایہ ہے، یہ بھی صرف ہمارے لیے رعایت ہے۔"

"پھر تو بڑی مشکل ہے۔" نسیم بھی اداس ہو گیا۔ "تین سو روپے کہاں سے لائیں گے؟"

دونوں کچھ دیر خاموش رہے، پھر نسیم نے خاموشی کو توڑا۔ "کیا خیال ہے، اپنے گھر سے نہ پیسے اڑا لائیں۔"

"گھر سے۔" امجد ڈر سا گیا۔ "اور جو کسی نے دیکھ لیا تو؟"

"بھئی اول تو کوئی دیکھے گا نہیں اور اگر کسی کو خبر بھی ہو گئی تو اسے ہم کہہ دیں گے کہ تھوڑے دنوں بعد ہی ہم تمہیں اس سے زیادہ پیسے لا دیں گے۔" نسیم نے اسے مطمئن کرنے کی کوشش کی۔

"وہ کس طرح؟"

"وہ اس طرح کہ ٹوپی ملنے کے بعد کسی بھی دکان میں ہم میں سے کوئی ایک ٹوپی پہن کر چلا جائے گا اور دکان دار کا کیش بکس کھول کر پیسے نکال لائے گا، اُسے کیا پتہ چلے گا؟"

"واہ میرے یار کیا ترکیب سوچی ہے۔" امجد بھی خوش ہو گیا۔

رات میں جب گھر کے تمام لوگ سو رہے تھے، نسیم چپکے سے اٹھا اور اپنے ابا

جان کی الماری کا تالا کھول کر اس میں سے سو کے دو نوٹ نکال لیے۔ اس کا دل بڑے زور سے دھڑک رہا تھا۔

کپکپاتے ہاتھوں سے اس نے نوٹ جیب میں رکھے، تالا بند کیا اور بستر پر آکر لیٹ گیا۔ ادھر امجد نے بھی اپنی امی کے صندوق سے ڈیڑھ سو روپے اڑا لیے۔

امجد دوسرے دن شام کو مسجد میں جا کر باباجی کو تین سو روپے دے آیا۔ بقیہ پچاس روپوں میں دونوں نے کامیاب کوشش میں مٹھائی، آئس کریم اور نہ جانے کیا الابلا خریدا اور ہضم کر گئے۔

باباجی نے امجد کو بتایا کہ اب وہ جادوئی ٹوپی لینے کے لیے جا رہے ہیں اور وہ چلے گئے۔ نسیم اور امجد دونوں بڑی بے تابی سے باباجی کا، ایک ایک دن گن کر انتظار کرتے رہے، آخر باباجی آ ہی گئے، لیکن جب امجد ان سے ٹوپی لینے کے لیے پہنچا تو انہوں نے بتایا کہ ٹوپی جمعرات کو ملے گی۔ دونوں کے ارمانوں پر اوس پڑ گئی۔ اس لیے کہ جمعرات ہی سے ان کے ششماہی امتحان شروع ہو رہے تھے۔ ان کا خیال تھا کہ ٹوپی ملے تو جلدی سے گھر سے اڑائے گئے پیسوں کا حساب پہلے برابر کریں۔ ابھی گھر والوں کو چوری کی خبر نہ ہوئی تھی، پھر یہ کہ ٹوپی پہن کر کئی ایک کھانے کی چیزیں اڑائی جا سکتی تھیں مگر ٹوپی تو جمعرات کو ملے گی۔

جمعرات آ گئی، دونوں گھر سے تیار ہو کر امتحان دینے کے لیے نکلے، نکڑ پر مسجد کے ساتھ ہی باباجی کا مکان تھا۔ امجد نے دروازے پر دستک دی۔ اندر سے آواز آئی۔ "آجاؤ۔"

دونوں اندر چلے گئے۔ باباجی بیٹھے آنکھیں بند کیے جھوم رہے تھے۔ دونوں

ادب سے کھڑے رہے۔

کھڑے کھڑے دس منٹ ہو گئے۔ پرچہ شروع ہونے کا وقت قریب آ رہا تھا، آخر امجد نے ہمت کر کے بابا جی کو آواز دی۔

"ہوں۔" بابا نے گونج دار آواز میں "ہوں" کہہ کر آنکھیں کھول دیں، دونوں کو دیکھ کر پھر آنکھیں بند کر لیں اور بولے:

"بچو! ٹوپی یہ رکھی ہے، لیکن خبردار اسے ساڑھے نو بجے سے پہلے مت پہننا۔"

امجد نے گھڑی دیکھی، نو بجنے میں پانچ منٹ باقی تھے۔ پرچہ نو بجے شروع ہونے والا تھا۔ بابا جی کی بات پر اسے حیرت تو ہوئی لیکن اس نے سوچا، بھئی پہنچے ہوئے بزرگ ہیں۔ اس میں کوئی بات ہو گی۔

"بہت اچھا بابا جی۔" اس نے ادب سے کہا۔

"اب تم دونوں جاؤ، یاد رکھو، سلیمانی ٹوپی ساڑھے نو بجے ......ایک ہفتہ۔" بابا جی یہ کہتے ہوئے پھر سے جھومنے لگے۔

دونوں باہر نکل آئے۔ اسکول پہنچے۔ پرچہ شروع ہوا ہی چاہتا تھا۔ دونوں جلدی سے کلاس روم میں جا کر بیٹھ گئے، ذرا دیر میں ماسٹر صاحب آ گئے۔

"اپنی اپنی کتابیں۔ گارتوس۔' سب کچھ وہاں کونے میں رکھ دو۔" وہ سخت لہجے میں ایک طرف اشارہ کرتے ہوئے بولے۔

لڑکوں نے ان کے حکم کی تعمیل کی۔ صرف نسیم اور امجد اپنی جگہ پر بیٹھے رہے۔

ماسٹر صاحب نے کاپیاں اور پرچہ تقسیم کیا۔ انگریزی کا پرچہ تھا جس سے امجد

اور نسیم کی جان نکلتی تھی۔ لیکن اب کیا ڈر تھا۔ سلیمانی ٹوپی امجد کی جیب میں موجود تھی۔ ٹوپی کا پتہ چونکہ اسی نے لگایا تھا اس لیے پہلا حق اس کا بنتا تھا۔ طے یہ ہوا تھا کہ پہلے گھنٹے میں ٹوپی امجد کے پاس رہے گی۔

تھوڑی دیر یوں ہی بیٹھے رہے، پھر ماسٹر صاحب جوں ہی ذرا باہر گئے۔ نسیم نے امجد کو اشارہ کیا، اس نے جلدی سے کتاب نکال کے نقل شروع کر دی، عین اسی وقت ماسٹر صاحب آ گئے۔

"ارے اتنی ڈھٹائی سے سامنے نقل کر رہے ہو۔" ماسٹر صاحب غصے سے امجد کی طرف لپکے۔ امجد کو احساس ہوا کہ وہ سلیمانی ٹوپی پہننا بھول گیا تھا۔ اس نے جیب میں ہاتھ ڈالا اور ٹوپی نکال کر پہن لی۔ اس کا خیال یہ تھا کہ ماسٹر صاحب مارے حیرت کے کھڑے کے کھڑے رہ جائیں گے لیکن ماسٹر صاحب تیر کی طرح اس کے قریب پہنچ گئے اور اس کا بازو پکڑ کر قریب کر دیا۔

امجد نے سوچا، میری ڈیسک کے پاس پہنچ کر انہوں نے اندازاً میرا بازو پکڑ لیا ہو گا۔ اس نے جھٹکے سے اپنا بازو چھڑایا اور ذرا ہٹ کر کھڑا ہو گیا۔ اس کا خیال تھا کہ اب ماسٹر صاحب مارے خوف کے بھاگ کھڑے ہوں گے، مگر وہ تو دانت پیستے ہوئے آگے بڑھے اور تڑ سے اس کے چانٹا رسید کر دیا۔ تو کیا میں ماسٹر صاحب کو نظر آ رہا ہوں۔ اس نے پریشان ہو کر پوچھا۔ پھر بھی اس نے ہمت نہ ہاری۔ ذرا پیچھے ہٹ کر اس نے ماسٹر صاحب کو اپنی دو انگلیاں دکھاتے ہوئے زور سے کہا:

"سر دیکھیے، کچھ نظر آ رہا ہے آپ کو، نہیں نظر آ رہا نا آپ کو۔"

تمام لڑکے لکھنا بھول کر حیرانی سے منہ پھاڑے اسے تک رہے تھے اور نسیم

کے چہرے پر ایک رنگ آرہا تھا، ایک رنگ جارہا تھا۔ ماسٹر صاحب کا غصہ اب حیرت میں بدل چکا تھا، وہ پریشانی اور تعجب کے ملے جلے لہجے میں بولے:

"امجد کیا ہوگیا ہے تمہیں!: پیپر دینے آئے ہو یا تماشہ دکھانے۔۔۔۔۔؟ ایک تو بھری کلاس میں کھلے عام نقل کر رہے ہو، منع کرتا ہوں تو یہ بوسیدہ سی ٹوپی پہن کر مکالمے بول رہے ہو، تمہارا ذہنی توازن تو درست ہے۔"

"سر آپ سمجھ نہیں سکتے۔" امجد اب بھی پر امید تھا۔"میں آپ کو نظر آرہا ہوں؟ نہیں نظر آسکتا، یہ صرف سلیمانی ٹوپی کی برکت ہے۔"

ماسٹر صاحب آگے بڑھے اور انھوں امجد نے دونوں کندھے پکڑ کر زور سے دو تین جھٹکے دیے اور کہا:

"بے وقوف تم ہوش میں ہو یا نہیں؟"

اور ساتھ ہی انہوں نے امجد کے سر سے 'سلیمانی ٹوپی' اتار کر پھینک دی۔

امجد کو ایک دم جیسے ہوش آگیا۔ اسے احساس ہو گیا تھا کہ ٹوپی تو بس فراڈ نکلی۔۔۔۔۔ بالکل عام سی ٹوپی تھی۔ بد معاش بابا نے تین سو روپے اینٹھ لیے تھے۔

وہ ٹوپی اٹھائے ہوئے سر جھکائے شرمندگی سے اپنی ڈیسک پر آکر بیٹھ گیا۔ ماسٹر صاحب نے اس سے ساری تفصیل پوچھی۔ اس کے بجائے نسیم نے سارا حال کہہ سنایا۔ پورا واقعہ سننے کے بعد ماسٹر صاحب بولے:

"تم دونوں بالکل احمق ہو۔ خود ہی سوچو، اگر وہ بابا ایسی ٹوپی یا دیگر جادوئی اشیاء کا مالک ہوتا تو سب سے پہلے خود ان سے فائدہ نہ اٹھاتا؟ خیر! اب تم دونوں پڑھائی میں دل لگاؤ، ٹوپیوں کا خیال چھوڑ دو، ٹوپی صرف نماز اور قرآن مجید پڑھتے وقت پہنا

کرو، سادہ ٹوپی سلیمانی نہیں۔

چلو بچو! تم اپنا پرچہ حل کرو۔ خواہ مخواہ پندرہ منٹ ضائع ہو گئے۔ خیر تمہیں پندرہ منٹ زائد مل جائیں گے۔"

پرچہ ختم ہوا تو دونوں، افسردہ دلوں کے ساتھ سر جھکائے اسکول سے نکلے، نکڑ پر بابا کا مکان تھا۔ دروازے پر موٹا سا تالا جھوم رہا تھا۔

امجد نے برابر والی پان کی دکان پر بیٹھے شخص سے پوچھا۔ "شرفو بابا نہیں ہے؟"

"ارے کون شرفو، وہ تو کب کا چلا گیا یہاں سے بوریا بستر سمیٹ کر، ساڑھے نو کی ٹرین سے، کہہ رہا تھا کہ پشاور جا رہا ہوں۔" پان والے نے بتایا۔

نسیم اور امجد نے ایک دوسرے کی طرف دیکھ کر بے بسی سے نظریں جھکا لیں۔ اور امجد نے ہاتھ میں پکڑی ہوئی 'سلیمانی ٹوپی' پاس کے گندے نالے میں پھینک دی۔

***

## ۵

# بولنے والا درخت

## مصنف: David Mc Robbie، مترجمہ: ماہم احسن

زین جنگل میں تھا کیوں کہ اس کو پھل جمع کرنے تھے۔ وہ بہت بھوکا تھا اس لیے وہ وہیں درخت کے نیچے بیٹھ گیا۔ اس نے کچھ پھل کھائے اور کچھ جمع کر لیے۔ جب وہ گھر جانے لگا تو اس نے غور کیا کہ درخت کے تنے کے نچلے حصے میں سوراخ ہے۔ اس نے اپنا سر اس سوراخ کے اندر ڈالا پھر اوپر دیکھا تو اس کو کھلا آسمان نظر آیا۔ درخت کافی کھوکھلا تھا۔ وہ درخت کے کھوکھلے تنے میں کود گیا۔ درخت کے دوسری طرف بھی سوراخ تھا۔ اس نے وہاں سے باہر کی طرف دیکھا۔

"یہ کتنی اچھی جگہ ہے چھپنے کی۔" وہ تیز آواز میں بولا: "کوئی بھی مجھے باہر سے یہاں نہیں دیکھ سکتا۔"

اس کی آواز جنگل میں گونج رہی تھی۔ زین نے فیصلہ کیا کہ وہ اپنی نئی آواز سننے کے لیے گانا گائے۔ جب وہ گانا گا چکا تو اس نے فیصلہ کیا کہ وہ گھر جائے لیکن پھر اس نے سُنا کوئی باتیں کرتے ہوئے اس کی طرف آرہا ہے۔ وہ اس آواز کو جانتا تھا۔ یہ علی کی آواز تھی۔ وہ دونوں ایک ہی اسکول میں ہونے کے ساتھ ساتھ ہم

جماعت بھی تھے۔

"وہ گانے کی آواز یہیں سے آرہی تھی۔" علی نے کہا۔ "لیکن میں نے یہاں کسی کو نہیں دیکھا، کیا تم نے دیکھا عالیان؟"

"نہیں۔" عالیان نے جواب دیا۔ "مجھے نہیں لگتا کہ یہاں جنگل میں کوئی انسان ہو سکتا ہے۔"

ادھر زین ان کی باتوں کے دوران درخت کے اندر چھپا رہا۔ جب وہ دونوں خاموش ہو گئے تو وہ آہستہ مگر بھاری آواز میں بولا:

"علی اور عالیان تم میری زمین پر کیا کر رہے ہو؟"

تھوڑی دیر تک کوئی جواب نہیں آیا پھر علی نے ڈرتے ہوئے پوچھا: "یہ کس نے کہا؟"

"میں بولنے والا درخت ہوں۔" زین نے کہا: "ہر چیز جو جنگل میں ہے وہ مجھ سے تعلق رکھتی ہے اور جب تک تم یہاں پر ہو تمھیں میرا ہر حکم ماننا ہو گا۔ اگر تم نے میری حکم عدولی کی تو میں تمھارے گھر میں آکر تمھیں پکڑ لوں گا، جب تم سو رہے ہو گے۔ اب جاؤ اور

میرے لیے کچھ کھانے کے لیے لے کر آؤ۔"

"ٹھیک ہے، اے بولنے والے درخت۔۔۔۔۔۔"

عالیان نے لرزتے ہوئے کہا: "ہم تمھارے لیے تازہ پھل ڈھونڈتے ہیں اور ابھی لا کر دیتے ہیں۔"

زین ہنسا اور ان دونوں کے آنے کا انتظار کرنے لگا۔

علی اور عالیان چند منٹ بعد لوٹ کر آئے تو ان کے ہاتھ تازہ پھلوں سے بھرے ہوئے تھے۔ انھوں نے سارے تازہ پھل درخت کے کھوکھلے تنے میں ڈال دیے۔

"یہ بہت اچھا کھانا ہے اے اچھے درخت۔" عالیان بولا: "ہم امید کرتے ہیں کہ تمھیں پسند آئے گا۔"

"تم دونوں نے بہت اچھا کام کیا۔" زین نے جواب دیا: "اب تم دونوں گھر جاؤ لیکن یاد رکھو تم نے میرے اور اس جگہ کے بارے میں اگر کسی کو بھی بتایا تو میں تمھیں مینڈک میں بدل دوں گا۔ تم دونوں روز صبح سویرے اسکول جانے سے پہلے میرے لیے تازہ پھل لا کر دو گے۔ اب جاؤ۔۔۔۔۔۔!"

جب تک علی اور عالیان چلے نہیں گئے زین نے وہیں انتظار کیا پھر وہ درخت سے نکل گیا۔

وہ بہت خوش تھا۔ اگر علی اور عالیان کو پتا چل گیا کہ بولنے والا درخت کون ہے تو وہ بہت غصہ ہوں گے۔ اس نے سوچا۔ "وہ بہت ڈر گئے تھے ڈرپوک ہی ہی ہی۔۔۔۔۔۔!" زین بلند آواز سے ہنسنے لگا۔

اگلی صبح کا وقت تھا۔ چڑیاں چہچہا رہی تھیں۔ موسم بہت خوشگوار تھا۔ زین جلدی اُٹھ گیا اور کھوکھلے تنے والے درخت کی جانب بڑھنے لگا۔ رات کو بہت تیز بارش ہوئی تھی، جس کی وجہ سے زمین گیلی تھی۔ زین لمبے لمبے ڈگ بھرتا ہوا درخت کی طرف جا رہا تھا۔ بالآخر وہ درخت تک پہنچ گیا اور اس کے سوراخ کے اندر داخل ہو گیا۔ اب وہ علی اور عالیان کا انتظار کرنے لگا۔ ابھی چند منٹ گزرے ہوں

گے کہ اسے دور سے علی اور عالیان درخت کی طرف آتے ہوئے نظر آئے۔ انھوں نے ایک بڑا سا تھیلا اور ایک جوس کا گلاس اُٹھایا ہوا تھا۔ وہ چیزیں انھوں نے درخت کے سوراخ میں ڈال دیں۔

زین نے بھاری آواز میں کہا: "بہت شکریہ لڑکو، اب تم اسکول جاؤ لیکن کل آنا مت بھولنا۔"

علی اور عالیان چہل قدمی کرتے ہوئے واپس جا رہے تھے کہ اچانک عالیان رُکا۔ اس نے علی کے کندھے پر ہاتھ رکھا اور کچھ سوچ کر بولا: "مجھے نہیں لگتا کہ یہ کوئی بولنے والا درخت ہے۔ کیا تم نے وہ نشان نہیں دیکھے جو مٹی پر تھے، وہ کسی انسان کے لگتے ہیں۔ میرا خیال ہے کہ کوئی درخت کے اندر چھپا ہوا ہے اور ہمیں بیوقوف بنا رہا ہے۔"

"نہیں میں نے غور نہیں کیا۔" علی نے کہا: "لیکن میرا خیال ہے کہ ہم چھپ جاتے ہیں اور دیکھتے ہیں کہ کوئی اس راستے سے واپس تو نہیں جا رہا۔"

چند منٹ بعد انھوں نے دیکھا کہ زین گنگناتا ہوا اس راستے سے آ رہا ہے اور اس کے ہاتھ میں کھانے سے بھرا ہوا تھیلا اور جوس کا گلاس تھا۔

"اففف۔۔۔۔۔۔! یہ زین تھا۔" علی حیرت زدہ رہ گیا۔

"کیا ہم اس پر کود یں اور اس کو ڈرائیں؟" اس نے عالیان سے پوچھا۔

"ابھی نہیں۔۔۔۔۔۔!" عالیان نے کچھ سوچتے ہوئے کہا: "میرے پاس اس سے بہتر آئیڈیا ہے۔ آؤ میرے ساتھ۔۔۔۔۔" عالیان کے چہرے پر شرارت بھری مسکراہٹ تھی۔

عالیان بھاگتا ہوا کھو کھلے درخت کے پاس پہنچا۔ علی نے اس کی پیروی کی۔ وہ بہت احتیاط سے پیروں کے نشانات کو دیکھتے ہوئے آخر کار درخت کے سوراخ تک پہنچ گئے اور ان کو سمجھ آگیا کہ زین نے ان کو کیسے بیوقوف بنایا۔

دوپہر کے وقت تک اسکول ختم ہو گیا تھا، علی اور عالیان جنگل میں گئے اور دو بڑی اور کچھ چھوٹی لکڑیاں تلاش کیں۔ پھر انھوں نے ان لکڑیوں کو سیڑھی بنانے کے لیے استعمال کیا۔ اس کے بعد دونوں نے وہ سیڑھی جھاڑیوں میں چھپادی۔

اگلی صبح زین دوبارہ درخت کے سوراخ میں جا کر چھپ گیا اور انتظار کرنے لگا۔ اچانک علی اور عالیان درخت کے پاس بھاگتے ہوئے آئے۔

"صبح بخیر اے اچھے دوست۔۔۔۔۔" علی بولا: "میں نے تمھارے لیے پھلوں کا جوس خریدا ہے۔ میں درخت کے اوپر چڑھ جاتا ہوں اور تمھارے منہ میں جوس انڈیل دیتا ہوں۔"

"نہیں نہیں! ایسا نہیں کرنا۔" زین چلایا: "تم اسے سوراخ کے قریب رکھ دو۔"

لیکن علی تیار تھا وہ سیڑھی پر چڑھ کر درخت کے اوپر پہنچ گیا۔ پہلے وہ ہنسا اور پھر اس نے پورا جوس زین کے اوپر انڈیل دیا۔

زین کھانسا اور چیخا۔

وہ چپکنے والا مادہ اس کی ناک اور آنکھوں میں داخل ہو رہا تھا۔ پھر عالیان سیڑھی پر چڑھا اور بولا: "میں تمھارے لیے شہد لایا ہوں۔ کچھ کیڑے مکوڑے اس کے اندر رہیں لیکن میں جانتا ہوں کہ یہ تمھیں نہیں کاٹیں گے۔"

"کوئی میری مدد کرو نہیں۔" زین پھر چیخا۔

لیکن عالیان سیڑھی پر چڑھ چکا تھا۔ اس کے پاس شہد تو نہیں تھا البتہ ایک بڑا مرتبان تھا جو سنہرے تیل سے بھرا ہوا تھا۔ عالیان نے وہ تیل زین کے سر پر انڈیل دیا۔

زین نے بہت کوشش کی کہ وہ اس کو ہٹالے لیکن وہ بہت چکنا تھا۔ زین اب پھلوں کے جوس اور تیل میں ڈوب گیا۔

"چلے جاؤ!" وہ چیخا۔ "اب تم دونوں کو دوبارہ بولنے والے درخت کے پاس آنے کی کوئی ضرورت نہیں۔" زین نے شدید غصے سے کہا۔

"بالکل ٹھیک ہے زین۔" علی نے شرارت سے کہا: "ہم تمھارا حکم مانیں گے۔"

علی اور عالیان جنگل سے باہر جانے لگے اور وہ دونوں شرارتی ہنسی ہنس رہے تھے۔

***

۶

# عینک والا نجومی

## مصنفہ: Enid Blyton، مترجمہ: گل رعنا صدیقی

"ٹپی" بہت چالاک اور شریر آدمی تھا۔ گاؤں میں اُسے کوئی بھی پسند نہیں کرتا تھا۔ جب میڈم سوفٹلی نے اپنے ہاں چائے کی پارٹی کرنے کا اعلان کیا تو اُس نے ٹپی کو نہیں بلایا، اس لیے ٹپی بہت خفا تھا۔ وہ اپنے چھوٹے سے اسٹول پر بیٹھ کر سوچ رہا تھا کہ اس پارٹی میں کیسے شرکت کروں اور میڈم سوفٹلی کو اسے نہ بلانے کی سزا کیسے دوں؟ تب اچانک اُسے ایک انوکھا خیال آیا۔

میں بھیس بدل کر اس دعوت میں شرکت کر سکتا ہوں۔ میں خود کو قسمت کا حال بتانے والا ظاہر کروں گا۔ کسی کو پتا ہی نہیں چلے گا کہ میں ٹپی ہوں اور ہر ایک کے بارے میں سب کچھ جانتا ہوں۔ جب میڈم سوفٹلی کی باری آئے گی تو۔۔۔ آہا!! میں اُسے کچھ خوف ناک باتیں بتاؤں گا۔ وہ مزہ لیتے ہوئے سوچتا رہا۔

پارٹی والے دن ٹپی نے ایک اچھا سا کالا چوغہ پہنا، گہرے ہرے شیشوں والی عینک لگائی، چہرے پر ایک لمبی مصنوعی داڑھی چپکائی اور میڈم سوفٹلی کے گھر پہنچ گیا۔ اس نے میڈم سوفٹلی سے کہا:

"کیا آپ مجھے اپنے باغ کے ایک کونے میں بیٹھنے کی اجازت دے سکتی ہیں۔ میں لوگوں کو قسمت کا حال بتاؤں گا۔ میں عینک والا نجومی ہوں۔ میں آپ کی پارٹی کو کام یابی سے ہم کنار کر سکتا ہوں۔ میں ہر کسی سے صرف ایک پینی وصول کروں گا۔"

"بہت خوب! تم وہاں کونے میں اپنی کرسی پر بیٹھ سکتے ہو۔ میں تمھارے بارے میں اپنے مہمانوں کو بتاؤں گی اور شاید میں خود بھی اپنی قسمت کا حال معلوم کرنے آؤں۔"

ٹپی خوشی خوشی بیٹھ کر لوگوں کے آنے کا انتظار کرنے لگا۔ سب سے پہلے ٹکلز اُس کے پاس آیا اور ایک پینی ادا کی۔ ٹپی آگے کی جانب جھکا اور ظاہر کیا کہ وہ اپنے گہرے رنگ کے شیشوں والی عینک سے اُسے بہت غور سے دیکھ رہا ہو۔ وہ ٹکلز کو بالکل پسند نہیں کرتا تھا کیوں کہ اُس نے ایک دفعہ ٹپی کو کسی بات پر بہت ڈانٹا تھا۔

"تم یہاں مکھیاں پالتے ہو اور اُن کا شہد بیچتے ہو۔"

"ہاں! میں یہی کرتا ہوں۔" ٹکلز نے حیران ہوتے ہوئے پوچھا۔ "کیا میرا یہ سال مکھیوں کے ساتھ اچھا گزرے گا؟"

"نہیں!" ٹپی نے مزہ لیتے ہوئے کہا۔ "وہ اچانک تم سے ناراض ہو جائیں گی اور چھتے سے باہر نکل کر تمھیں خوب خوب کاٹیں گی۔"

ٹکلز نے ایک چیخ ماری اور چلاتے ہوئے بھاگا کہ وہ آج ہی ساری مکھیاں فروخت کر دے گا۔ اس کے بعد پپ آیا جو ایک بونا تھا۔ اُس نے ایک پینی ادا کی۔ ٹپی نے اُسے کڑے تیوروں سے دیکھا کیوں کہ پپ نے اُس کی مکاری کی وجہ سے ایک بارا سے خوب مارا تھا۔

ٹپی نے کہا: "تم گلاب اُگاتے اور انھیں فروخت کرتے ہو۔"

"بالکل درست۔" پپ نے متاثر ہوتے ہوئے کہا۔ "کیا ان پھولوں سے میری قسمت سنور سکتی ہے؟"

"تمھارے پھولوں سے تو نہیں سنور سکتی۔" کہتے کہتے ٹپی کے ذہن میں ایک شیطانی خیال آیا:

"مگر کسی ایک پودے کے نیچے سونے کا ایک صندوق دفن ہے، اگر تم اسے تلاش کر سکو!"

پپ خوشی سے چلایا:

"میں اپنے باغ کا ہر پودا اکھاڑ دوں گا اور وہ صندوق حاصل کروں گا۔"

وہ چلا گیا اور ٹپی دل ہی دل میں خوش ہونے لگا کہ پپ اپنا پورا باغ اُجاڑ دے گا اور بدلے میں اُس کے ہاتھ کچھ نہیں آئے گا۔۔۔ ہاہاہا!

اب مدر نوڈی آئیں اور ٹپی کو ایک پینی ادا کی۔ ٹپی، مدر نوڈی سے نفرت کرتا تھا کیوں کہ وہ ہمیشہ اُسے نصیحتیں کرتی رہتی تھیں۔ اُس نے بے حد گہری آواز میں انھیں مخاطب کیا:

"افسوس! میرے پاس آپ کے لیے ایک بری خبر ہے۔ بوڑھی خاتون! کل آپ کی مرغیوں میں سے کوئی ایک مرغی آپ کو کاٹ لے گی اور آپ پورے سال کے لیے بیمار ہو سکتی ہیں۔"

مدر نوڈی بلبلا اُٹھیں اور چلاتے ہوئے بھاگیں:

"میں اپنی ساری مرغیوں کو آزاد کر دوں گی۔ وہ مجھے نہیں کاٹ سکتیں۔"

ٹپی بے حد خوش تھا۔ وہ اپنے مخالفوں سے انتقام لے رہا تھا۔ اب کی بار میڈم سوفٹلی خود آئی۔ ٹپی نے اُسے آتا دیکھ کر دل میں سوچا کہ تم نے مجھے اپنی دعوت میں نہیں بلایا تھا، میں تمھیں اس کا مزہ چکھاؤں گا۔ سوفٹلی نے اپنی پینی ادا کی اور بیٹھ گئی۔

"بد قسمتی تمھارا انتظار کر رہی ہے۔" ٹپی نے گہری اور پر رعب آواز میں کہا۔ "تمھارے گھر میں بہت جلد آگ لگنے والی ہے۔"

"یہ اچھی بات ہے کہ آگ بجھانے والا عملہ پہلے ہی میری دعوت میں موجود ہے۔" میڈم سوفٹلی نے بے فکری سے کہا۔ "وہ جلد ہی آگ پر قابو پالیں گے۔"

ٹپی نے پھر ڈرایا:

"ڈاکو آسکتے ہیں اور تمھاری ساری قیمتی جیولری چرا سکتے ہیں۔"

میڈم نے کہا: "کوئی بات نہیں! چوں کہ یہاں کا پولیس آفیسر بھی میری دعوت میں موجود ہے، اس لیے خود ڈاکوؤں کو ہی مصیبت اُٹھانی پڑے گی۔"

"کیا پولیس آفیسر واقعی یہاں موجود ہے؟" ٹپی نے ایک دم چوکنا ہوتے ہوئے کہا۔ "میں یہ نہیں جانتا تھا۔"

"تم نہیں جانتے تھے؟" میڈم سوفٹلی نے حیران ہوتے ہوئے پوچھا۔ "مگر میرا خیال تھا کہ تم عینک والے نجومی ہو، جو سب کچھ جانتا ہے۔"

اُسی لمحے پپ بونا واپس آیا۔ وہ بری طرح رو رہا تھا۔

"میں نے اپنے تمام خوب صورت گلاب کے پودے اکھاڑ دیے مگر وہاں کسی بھی پودے کے نیچے سونے کا صندوق موجود نہیں تھا۔ میں نے اپنے پودے تباہ کر دیے اور اب میں اپنے گلاب کے پھولوں کو بیچ بھی نہیں سکتا۔ افسوس! تم نے مجھے

جھوٹی بات بتائی تھی اور ہاں غریب ٹکلز نے اپنی ساری شہد کی مکھیاں چند پونڈ میں بیچ دیں کیوں کہ تم نے کہا تھا کہ وہ اسے کاٹیں گی اور میں نے ابھی مدر نوڈی کو بھی دیکھا جو اپنی ساری مرغیوں کو آزاد کر کے سڑک پر چھوڑ رہی تھیں کیوں کہ تم نے انھیں ڈرایا تھا کہ وہ انھیں کاٹ کر بیمار کر دیں گی۔ تم نے اس پارٹی میں آکر ہم سب کو پریشان کر دیا۔"

پھر پپ نے بری طرح رونا شروع کر دیا۔ اس دوران میڈم سوفٹلی نہایت غور سے ٹپی کو دیکھتی رہی اور پھر اچانک بھاگی اور تھوڑی ہی دیر میں مسٹر گریب کے ساتھ لوٹی جو قصبے کا پولیس آفیسر تھا۔ وہ ٹپی کے سامنے بیٹھ گیا اور مسکراتے ہوئے بولا:

"مسٹر عینک والے نجومی! میں نے سنا ہے کہ آپ ایک عظیم نجومی ہیں۔ کیا آپ مجھے میری قسمت کا حال بتا سکتے ہیں؟"

"تم۔۔۔ تم ایک پولیس مین ہو۔" ٹپی نے کہتے کہتے خود کو بہت بے چین محسوس کیا۔

"بالکل درست!" مسٹر گریب نے کہا۔

"اب مجھے کسی ایسے شخص کا نام بتاؤ جسے میں آج پیٹوں گا۔"

"مم۔۔۔ میں۔۔۔ نہیں۔۔۔ جانتا۔" ٹپی ہکلایا۔

"افسوس! میرا خیال تھا کہ تم ہر وہ بات بتا سکتے ہو جو کوئی تم سے پوچھے۔"

"مم۔۔۔ میں۔۔۔ ہر بات نہیں بتا سکتا۔" ٹپی نے کہا۔

مسٹر گریب زور سے ہنسے:

"اچھا! مجھے یہ بتاؤ کہ کیا میں اس پارٹی کے ختم ہونے تک یہاں ٹھہروں گا یا

میں اسے بیچ ہی میں چھوڑ کر چلا جاؤں گا، اور اگر ایسا ہو گا تو کیا میں اکیلا ہی جاؤں گا یا کوئی اور میرے ساتھ ہو گا؟"

مسٹر گریب کی بات سن کر ٹپی پریشان ہو گیا۔ اُس کے منہ سے آواز نہیں نکل رہی تھی۔ اب مسٹر گریب کی آواز میں سختی آگئی۔ اُس نے ٹپی کی نقلی داڑھی کھینچتے ہوئے کہا:

"میں تمھارے بارے میں پیش گوئی کرتا ہوں، یعنی تمھاری قسمت کا حال میں بتاتا ہوں۔ جیسے تمھاری داڑھی اُتری ہے، اسی طرح تمھاری عینک اتر جائے گی۔"

پھر اس کی عینک اُتارتے ہوئے بولا:

"اس طرح قسمت کا حال بتانے والا عظیم نجومی ٹپی کی شکل میں تبدیل ہو جائے گا اور وہ میرے ساتھ جائے گا، جہاں اُسے مار پڑے گی اور وہ سب کو اتنے پیسے دے گا، جن سے اُن سب کا نقصان پورا ہو جائے گا، پھر وہ اپنی اس بے وقوفانہ ترکیب پر عمل کرنے کی وجہ سے پچھتائے گا۔"

کسی نے قریب آکر کہا:

"مسٹر گریب! آپ اس سے بہتر نجومی ہیں کیوں کہ آپ نے جو کہا وہ سچ ثابت ہوا۔ ہائے! بے چارہ ٹپی۔"

***

۷

# تین خوب صورت تحفے

مصنفہ: Enid Blyton، مترجم: محمد فضیل فاروق

بابا جان پورے ہفتے کے لیے اپنے کام کے سلسلے میں دوسرے شہر جا رہے تھے۔ جب بھی بابا جان کسی کام سے شہر سے باہر جایا کرتے، تینوں بچے بہت اداس ہو جاتے تھے، ابھی بھی ایسا ہی تھا۔

"بابا جان آپ کب واپس آئیں گے ؟"

"آپ ہمیں بہت یاد آئیں گے "

"آپ پلیز جلدی آیئے گا، ہمیں آپ کے بغیر مزہ نہیں آتا۔" جینٹ، ڈین اور روزی۔۔۔تینوں نے رونی آواز میں باری باری اپنے بابا جان سے کہا۔

بابا جان نے سب کو گلے لگایا۔

"میں واپسی پر تم لوگوں کے پائیں باغ کے لیے پیارے پیارے تحفے لے کر آؤں گا۔" انہوں نے کہا۔

"آپ کیا لائیں گے ؟"ڈین نے اشتیاق بھرے لہجے میں پوچھا۔

"میں لاؤں گا۔۔۔۔۔۔ایک چھوٹی ہاتھ والی ریڑھی (ٹرالی)۔۔۔۔۔۔ایک

کھودنے والی کدال۔۔۔۔۔اور ایک چھوٹا پانی دینے والا سبز رنگ کا کین۔" بابا نے پیار سے کہا۔

"واہ! زبردست!" سب نے یک زبان ہو کر نعرہ لگایا۔ کیوں کہ یہ ساری چیزیں ان سب کو بہت پسند تھیں۔ ڈین کو کافی دنوں سے ایک کدال کی بڑی شدید خواہش تھی۔ جینٹ کو ہمیشہ سے ایک ریڑھی چاہیے تھی، اور روزی کو اپنے پھولوں کے لیے ایک پانی دینے والا کین چاہیے تھا۔ ان تینوں کے اپنے چھوٹے چھوٹے سے باغیچے تھے جن کی یہ بہت اچھی طرح دیکھ بھال کرتے تھے۔

"خدا حافظ بچو! اچھے بچے بن کر رہنا، اپنی امی کے کاموں میں ہاتھ بٹانا، ان کی خوب خدمت کرنا، اور ذرا بھی تنگ مت کرنا۔" یہ کہہ کر وہ گاڑی میں بیٹھے، چابی گھما کر اسے اسٹارٹ کیا اور بچوں کی طرف ہاتھ ہلاتے ہوئے نظروں سے اوجھل ہو گئے۔

"بابا جان کی غیر موجودگی میں مجھے بہت سے کام نمٹانے ہیں۔ گرمیاں آگئی ہیں، اور گرمی کی صفائیاں بھی سر پر کھڑی ہیں، سردی کے گرم کپڑے بھی سمیٹنے ہیں۔ مجھے تم لوگوں کی کافی مدد چاہیے ہو گی ان سب کاموں میں۔" امی نے بچوں سے کہا۔

"بابا جان واپس آکر جب گھر کو صاف ستھرا دیکھیں گے، اور ہر چیز چمکتی دمکتی اور سلیقے سے رکھی ہوئی دیکھیں گے، تو بہت خوش ہوں گے۔"

اب جب وہ کام میں مصروف ہوئیں تو انہیں پتا چلا کہ کپڑے دھونے والا سرف تو ختم ہی ہو گیا ہے۔ انہوں نے ڈین سے کہا: "ڈین بیٹا! ذرا بھاگ کر دکان سے

سرف پاؤڈر تو لا دو۔"

امی کے کام کا سن کر وہ برے برے منہ بنانے لگا۔

"امی میں ابھی ناول پڑھ رہا ہوں، آپ مجھے ہمیشہ اس وقت کام کا کہتی ہیں جب میں کچھ پڑھ رہا ہوتا ہوں۔"

"جینٹ! کیا تم جا کر میرے لیے سرف پاؤڈر لے آؤ گی؟" امی نے تھوڑے سے اداس لہجے میں کہا۔

مگر جینٹ بھی اپنی کھلونے والی گڑیا کے کپڑے دھونے میں مصروف تھی، بولی:

"تھوڑی دیر بعد فارغ ہو کر نہ چلی جاؤں؟"

روزی کھلونوں والی الماری کی صفائی کرنے میں مصروف تھی۔ اس نے اوپر دیکھ کر کہا:

"لائیں امی! میں لے آتی ہوں ایک منٹ میں۔"

اس نے جلدی سے اپنا کوٹ پہنا اور بھاگ کر دوکان سے سرف لے آئی۔ امی بہت خوش ہوئیں۔

اگلے دن امی کو پائیں باغ میں سے کچھ گلاب کے پھول چاہیے تھے۔ آنٹی ایلن آج شام کو چائے پر آنے والی تھیں، اس لیے وہ گل دان میں خوبصورت گلاب کے پھول سجا کر میز پر رکھنا چاہتی تھیں۔

"جینٹ بیٹی! ذرا بھاگ کر میرے لیے گلاب تو توڑ لاؤ۔"

"ارے بھئی امی۔۔۔۔۔۔!" جینٹ نے منہ بنایا۔

"اچھا ڈین! تم جا کر لے آؤ۔" امی نے ڈین سے کہا۔

مگر ڈین بھی اپنے کاموں میں مصروف تھا۔ امی کی بات سن کر روزی جھٹ سے کھڑی ہوئی۔ "کوئی بات نہیں امی! میں لے آتی ہوں۔"

وہ دوڑ کر باہر پائیں باغ سے بہت سارے رنگا رنگ گلاب توڑ لائی۔ انہیں قرینے سے گل دان میں سجایا اور لا کر میز پر رکھ دیا۔ میز پر گل دان رکھتے ہوئے روزی غلطی سے جینٹ کے پیر پر چڑھ گئی۔

"اوفو، بے وقوف لڑکی! دیکھ کر نہیں چل سکتی۔۔۔! آئندہ ایسی حرکت کی نا۔۔۔۔۔ تو میں تمھیں اپنی ریڑھی استعمال کرنے نہیں دوں گی۔"

"معاف کرنا! ویسے تمھیں اپنا پیر اتنا باہر نکال کر نہیں بیٹھنا چاہیے تھا۔"

اس رات کسی کو بھی پالتو کتے کو جس کا نام 'سینڈی' تھا، گھر کے باہر اس کے ننھے لکڑی کے گھر میں بند کرنا یاد نہیں رہا۔ جب سب سونے کے لیے اپنی اپنی خواب گاہوں میں جانے لگے تو امی کو اچانک یاد آیا۔

"اوہ! ہم سینڈی کو تو بھول ہی گئے! کون جا کر اسے باہر چھوڑ کر آئے گا۔۔۔؟"

ڈین کو اندھیرے سے ڈر لگتا تھا اس لیے وہ خاموش رہا۔ جینٹ کو لگا کہ باہر بارش ہو رہی ہے اس لیے وہ بھی اپنی جگہ سے نہ ہلی۔ کسی کو بھی باہر نہ جاتا دیکھ کر روزی اٹھی اور ٹارچ ڈھونڈنے لگی تاکہ امی کو باہر نہ جانا پڑے۔

"تم بہت خود غرض ہو!" اس نے ٹارچ ڈھونڈتے ہوئے ڈین سے کہا۔ "تم کبھی بھی کوئی کام نہیں کرتے۔"

"چپ رہو! اگر تم نے مجھ سے اس طرح بات کی تو میں تمہیں اپنی نئی کدال نہیں دوں گا سمجھی۔۔۔؟" ڈین تیز لہجے میں بولا۔

"مجھے چاہیے بھی نہیں، میرے پاس اپنا پانی دینے والا نیا کین ہو گا۔"

روزی کو ٹارچ ملی تو وہ باہر جا کر سینڈی کو اس کے گھر پہنچا آئی۔ باہر نہ بارش ہو رہی تھی اور نہ ہی اندھیرا تھا۔ ہر چیز چاند کی دلکش روشنی میں چمک رہی تھی۔

اگلی صبح اچانک مانو بلی کو شرارت سوجھی۔ اس نے دیکھا کہ ناشتے کی میز کے پاس کوئی نہیں ہے تو وہ میز پر چڑھ کر پیالی میں نکلا ہوا دودھ چاٹنے لگی۔

دودھ پیتے ہوئے اس نے جب اچانک جینٹ کو کمرے سے باہر آتے دیکھا تو ڈر کے مارے اچھل پڑی، اور ایک جست لگا کر نیچے آ رہی، مگر چھلانگ لگاتے ہوئے اس کا پنجہ ٹیبل پر بچھے کپڑے میں پھنس گیا۔ بس پھر کیا تھا۔۔۔۔۔۔ناشتے کی ساری چیزیں زمین پر گر پڑیں۔ دودھ ایک چھپاکے سے گر کر نیچے فرش پر پھیل گیا، جیم کی بوتل بھی چھناکے سے کرچی کرچی ہو گئی۔ پلیٹیں اور پیالیاں بھی اِدھر اُدھر بکھر گئیں۔

"اوہ! کیا کباڑا کر دیا! امی۔۔۔! بلی نے ناشتے کی ساری چیزیں گرا دیں۔۔۔!"

"اوہ جینٹ! میری اچھی بچی، پلیز سارا پسارا سمیٹ دو، میں تمہارے کمرے میں پردے لگانے میں مصروف ہوں۔"

امی کی بات سن کر جینٹ بدبدانے لگی:"ہونہہ! بلی کے کرتوتوں کی سزا میں کیوں بھگتوں۔۔۔اچھی خاصی جا رہی تھی میں اپنی سہیلی کے گھر۔"

ابھی وہ بکھرے ہوئے ناشتے کو غصے سے گھور ہی رہی تھی کہ اسے سامنے سے ڈین آتا دکھائی دیا۔ اسے دیکھتے ہی وہ چمک کر بولی:

"دیکھو ڈین! یہ مانو نے کیا کر دیا۔ امی نے اسے صاف کرنے کو کہا ہے اور میں ذرا کام سے باہر جا رہی ہوں۔۔۔ کیا تم صاف کر دو گے پلیز۔۔۔؟"

اس سے پہلے کہ ڈین کچھ بولتا، جینٹ وہاں سے رفو چکر ہو چکی تھی۔ ڈین کھڑے ہو کر ناگواری سے بکھرے ہوئے کباڑ کو دیکھ کر بڑبڑایا:

"میں تو کبھی یہ سارا پسارا نہیں سمیٹنے والا۔۔۔ میں کیوں کروں۔۔۔؟ امی فارغ ہو کر خود ہی آرام سے صاف کر لیں گی۔" یہ کہہ کر وہ بھی باہر کی طرف چل دیا۔

چند ہی لمحے گزرے تھے کہ روزی وہاں سے گزری، اس کی نظر جب اس پسارے پر پڑی تو ٹھٹک گئی۔

"ارے یار! لگتا ہے مانو نے پھر سے گند مچادیا ہے، میں جلدی سے صاف کر دیتی ہوں تاکہ امی پریشان نہ ہوں۔" اس نے زیر لب کہا اور جلدی جلدی کچرا سمیٹنے لگی۔ پہلے اس نے فٹافٹ دودھ اور جیم کو پونچھا، شیشے کے ٹکڑے اٹھا کر کچرے کے ڈبے میں ڈالے اور ساری گندی پلیٹیں اور پیالیاں دھو کر ان کی جگہ رکھ دیں۔ تھوڑی ہی دیر میں سب کچھ صاف ستھرا ہو کر چمک رہا تھا۔

شام کو جب بچے میز پر بیٹھے اپنا ہوم ورک کرنے میں مصروف تھے، تب امی آئیں اور جینٹ سے اظہار تشکر کرتے ہوئے کہا:

"شکریہ جینٹ! مجھے بہت سارا کام تھا۔۔۔ اب جا کر فارغ ہوئی ہوں، تم نے

ساری صفائی کر کے میری بہت مدد کی۔"

امی کی بات سن کر جینٹ پکے ہوئے ٹماٹر کی طرح سرخ ہو گئی۔

"میں تو باہر جا رہی تھی اس لیے میں ڈین کو صفائی کرنے کا کہہ گئی تھی۔"

اب امی نے تحسین آمیز نظروں سے جب ڈین کی طرف دیکھا تو اس نے بھی مارے شرم کے نظریں جھکالیں۔

"نہیں امی! میں نے بھی نہیں کیا۔"

اسے بڑا افسوس ہوا کہ کاش میں نے صفائی کر لی ہوتی۔

"امی میں نے کی تھی صفائی۔" روزی نے کتاب سے نظریں اٹھاتے ہوئے کہا۔ "دو منٹ لگے مجھے صاف کرنے میں۔"

اس کی بات سن کر امی نے بے اختیار اس کے گال چوم لیے۔

"میری سب سے پیاری بیٹی! تم نے میری بڑی مدد کی ہے۔"

جینٹ اور ڈین ابھی تک شرم کے مارے سرخ ہو رہے تھے۔ وہ چاہتے تھے کہ امی انہیں بھی پیار کریں، مگر انہیں پتا تھا کہ یہ ان کے کام نہ کرنے کی سزا ہے۔

اگلا دن سب کے لیے بہت خوشیوں بھرا تھا۔ بابا جان سفر سے واپس آنے والے تھے۔ سب بچے صحن میں بابا کا بے صبری سے نتظار کر رہے تھے۔ اچانک انہیں گھر کے باہر گاڑی رکنے کی آواز سنائی دی۔

جینٹ خوشی سے بولی: "بابا میری ریڑھی لائے ہوں گے۔"

"اور میری کدال۔" ڈین بولا۔

"اور میں تو اپنا پانی دینے والا کین دیکھنے کے لیے بے تاب ہوں۔"

ابو سلام کرتے ہوئے گھر میں داخل ہوئے اور باری باری سب کو گلے لگایا۔

بچوں کو ان کے ہاتھوں میں لال رنگ کے کاغذ میں لپٹے اپنے اپنے تحفے صاف دکھائی دے رہے تھے۔

بابا نے امی سے کہا: "کیسا گزرا آپ کا ہفتہ؟"

"زبردست گزرا! میں نے گرمیوں کی ساری صفائیاں نمٹالیں۔"

"اور کیا بچوں نے آپ کی مدد کی؟"

امی نے ایک نظر بچوں پر ڈالی پھر بولی: "اس ہفتے کے دوران میری بہت ساری مدد کی گئی۔ پہلے دن مجھے سرف کی ضرورت تھی تو ان میں سے ایک بچہ بھاگ کر دکان سے لے آیا۔"

"بہت اچھے! اور وہ ایک کون تھا؟"

"روزی!" امی نے کہا تو بابا نے اسے ایک پیار بھری تھپکی دی۔

"پھر مجھے باغ سے کچھ گلاب چاہیے تھے، تو پھر ان میں سے ایک باہر سے بہت خوب صورت پھولوں کا گچھا توڑ لایا بغیر چون و چرا کیے۔"

"اچھا! اور کون تھا وہ؟" بابا نے معنی خیز نظروں سے ڈین اور جینٹ کی طرف دیکھتے ہوئے کہا۔

"روزی!" امی نے کہا تو اب کی بار بابا نے اسے محبت سے گلے لگالیا۔

امی پھر سے گویا ہوئیں: "پھر ایک رات ہم سینڈی کو بند کرنا بھول گئے تو ایک بچہ جاکر اندھیرے میں اسے اس کے گھر پہنچا کر آیا۔"

"بہت خوب! اور وہ کون بہادر تھا۔۔۔؟"

"روزی!" امی نے کہا تو بابا نے بے اختیار اس کا گال چوم لیا۔

"پھر ایک دن مانو بلی نے ٹیبل پر چڑھ کر دودھ، جیم اور بہت ساری پلیٹیں گرادیں، اور فرش پر سارا ناشتہ بکھیر دیا تھا۔" دوبارہ ایک بچے نے بغیر کہے ہی ساری صفائیاں کر دیں، حالانکہ جس سے صفائی کرنے کو کہا گیا تھا، اس نے کام نہیں کیا۔"

"اور جس نے بغیر کہے ہی صفائی کر دی وہ کون تھا۔۔!؟" بابا جان نے تجسس بھرے انداز میں پوچھا۔ "کیا وہ بھی روزی ہی تھی؟"

"ہاں بالکل۔" امی بولیں۔ "روزی نے میری بہت زیادہ مدد کی ہے، کتنی اچھی لڑکی ہے!"

"واقعی روزی تو سب بچوں سے بازی لے گئی۔" بابا نے دوبارہ روزی کو زور سے گلے لگاتے ہوئے کہا۔

پھر بابا جان سارے تحفے کھولنے لگے۔

"مجھے ڈر ہے کہ ان سارے تحفوں کی حق دار صرف اور صرف روزی ہے۔

"یہ لو روزی! تمہارے لیے ایک چھوٹی ریڑھی، ایک خوبصورت کدال اور پانی دینے والا سبز رنگ کا کین۔ یہ میرے بعد امی کی بہت ساری مدد کرنے کا انعام۔"

تینوں تحفے روزی کو ملتے دیکھ کر دونوں روتے ہوئے بولے:"بابا جان آپ نے وعدہ کیا تھا کہ میں سب کے لیے تحفے لاؤں گا۔"

"ہاں! میں نے بالکل وعدہ کیا تھا، پر میں نے یہ تو نہیں بتایا تھا کہ وہ تحفے کسے ملیں گے۔۔۔؟ اب جب تم دونوں نے کوئی ایسا کام کیا ہی نہیں کہ تم لوگ انعام کے حق دار ٹھہرتے، اس لیے یہ سب روزی کے ہوئے۔"

روزی سارے تحفے پا کر بہت خوش تھی۔

مگر بچو! آپ کو پتا ہے کہ وہ بالکل بھی خود غرض بچی نہیں تھی۔ جب بھی ڈین اور جینٹ استعمال کرنے کے لیے اس سے کچھ مانگتے تو وہ خوشی خوشی انہیں دے دیتی۔

تو بچو! آپ کو کیا لگتا ہے کہ روزی کو ایسا کرنا چاہیے تھا۔۔۔۔۔؟

***

٨

# جواب

## عبدالرشید فاروقی

"مانکی! دیکھو، وہ آرہا ہے۔" کارنکو نے سرگوشی کی۔

"ہاں! آج یہ بچ کر نہیں جاسکے گا۔" مانکی نے غصے سے دانت پیستے ہوئے کہا۔
پھر جیسے ہی وہ اُن کے نزدیک پہنچا۔ دونوں جھاڑیوں سے نکل کر، اس کے سامنے آگئے۔ ان کا شکار ایک ریچھ تھا۔ وہ ٹھٹک کر رُک گیا اور انہیں عجیب سی نظروں سے دیکھنے لگا۔ دفعتاً اُس کے چہرے پر غصہ کے آثار اُبھرے:

"تم نے پھر میرا راستہ روکنے کی کوشش کی۔۔۔۔۔"

"کمینے ریچھ! ہم تمہیں زندہ نہیں چھوڑیں گے، تم نے ہمارے بھائی کو مارا تھا، ہم اُس کا بدلہ لے کے رہیں گے۔" مانکی نے غصے سے کہا۔

"بے وقوف بندر۔۔۔۔۔ کیوں اپنی جان کا دشمن ہو گیا ہے، میری مان، جا چلا جا یہاں سے اور آئندہ بھول کر بھی میرا راستہ روکنے کی کوشش نہ کرنا ورنہ۔۔۔" ریچھ نے مستی میں جھومتے ہوئے کہا۔

"تم کچھ بھی کہو، ہم آج بدلہ لے کر رہیں گے۔"

"لگتا ہے، پہلی پٹائی بھول چکے ہو۔" کالو ریچھ نے کہا اور خم ٹھونک کر کھڑا ہو گیا۔

مانکی نے کارنکو کی جانب دیکھا۔ آنکھوں ہی آنکھوں میں کچھ طے کیا۔ پھر اچانک اُس نے ریچھ پر چھلانگ لگا دی۔ ریچھ کے منہ سے چیخ نکل گئی، چیخ تو مانکی کے منہ سے بھی خارج ہوئی تھی۔ وہ جونہی ریچھ سے ٹکرایا تھا، ریچھ نے اپنا پنجہ مانکی کے جڑ دیا تھا۔

جب کارنکو نے دیکھا کہ مانکی پنجہ کھا کر دُور جا گرا ہے تو اُس نے ریچھ کی طرف دوڑ لگا دی اور سیدھا اُس سے جا ٹکرایا۔ ریچھ چوں کہ جسامت میں اُس سے کافی بڑا تھا، اس لیے اُسے تو کچھ نہ ہوا، کارنکو کے چوٹ لگ گئی۔ اب کارنکو اور مانکی نے ایک دوسرے کی طرف دیکھا۔ اچانک مانکی نے دانت نکال دیے اور ساتھ ہی کارنکو کو اشارے سے حملہ کرنے کے لیے کہا اور خود ایک طرف بڑھ گیا۔ ریچھ دُور کھڑا انہیں دیکھ رہا تھا۔ کارنکو نے وقت ضائع کیے بغیر ریچھ پر حملہ کر دیا۔۔۔۔۔۔ اس مرتبہ وہ کامیاب رہا اور ریچھ اُچھل کر پرے جا گرا۔ پھر وہ غصے سے اُٹھا اور کارنکو کی طرف بڑھا۔ وہ ایک بار پھر حملہ کرنے کے لیے پر تول رہا تھا۔

"میں۔۔۔۔۔۔ میں اب تمہیں زندہ نہیں چھوڑوں گا، پاگل بندر۔" ریچھ نے غصے سے کہا اور کارنکو کے قریب پہنچ کر اپنا پنجہ اُس کے منہ پر دے مارا۔ وہ ہوشیار تھا، پھرتی سے ایک طرف ہو گیا۔ ریچھ نے اپنا وار رائیگاں جاتے دیکھا تو پلٹا لیکن اسی وقت ایک پتھر اُڑتا ہوا آیا اور اس کے سر پر لگا۔ پتھر کافی بڑا تھا لہٰذا اُس کے سر سے خون بہنے لگا۔ اب تو ریچھ کا برا حال ہو گیا۔ غصے کی شدت سے اس کے نتھنے پھولنے

چمکنے لگے۔

"شاباش مانکی! آج ہمیں اس سے اگلا پچھلا حساب چکانا ہے۔" کارنکو نے زور سے کہا۔ عین اسی وقت ریچھ نے اس پر چھلانگ لگا دی اور اُسے لے کر دُور تک لڑکھڑتا چلا گیا۔ جونہی وہ دونوں رکے، ریچھ نے کارنکو کا، کان منہ میں لے کر کاٹ ڈالا۔ اُس کے منہ سے زوردار چیخ نکل گئی۔

"کارنکو! تم فکر مت کرو۔۔۔۔۔۔ میں آرہا ہوں۔" مانکی نے زور سے چلا کر کہا اور پھر اُس نے ہاتھ میں پکڑا ہوا پتھر ریچھ کے سر پر دے مارا۔ ریچھ کا سر پہلے ہی بہت زخمی تھا، اب جو پتھر لگا تو بے چارے کو دن میں تارے دکھائی دینے لگے اور پھر اگلے لمحے ہی وہ بھاگ اُٹھا۔ یہ دیکھ کر مانکی نے ایک اور پتھر اُٹھایا اور اُس کے پیچھے بھاگنے لگا لیکن اس کا بھاگنا بے سود رہا۔ ریچھ قریب ہی موجود اپنے گھر میں داخل ہو گیا تھا۔ مانکی نے پتھر اُس کے گھر میں دے مارا۔ پھر بھاگتا ہوا کارنکو کے پاس پہنچا۔ وہ زخمی حالت میں پڑا تھا۔ اس کے کان سے خون تیزی سے بہہ رہا تھا۔ مانکی نے پھرتی سے اُسے اٹھایا اور ایک طرف بھاگنے لگا۔

"خالہ لومڑی۔۔۔ او خالہ لومڑی۔" مانکی نے لومڑی کے گھر کے سامنے پہنچ کر ہانک لگائی۔

"کیا بات ہے مانکی؟" لومڑی نے گھر سے نکلتے ہوئے پوچھا۔

"خالہ! کالو ریچھ نے میرے بھائی کا کان کاٹ کھایا ہے۔ تمہارے پاس جو دوا ہے، وہ لگا دو۔ جلدی کرو خالہ، کہیں خون زیادہ نہ بہہ جائے۔" مانکی نے جلدی جلدی کہا۔

"اوہ۔۔۔۔۔۔ اس کا مطلب ہے، تم آج پھر اُس سے اُلجھے ہو؟"

"ہاں۔۔۔۔۔۔ خالہ! تم جلدی سے دوائی لگا دو۔"

"ہوں، ٹھیک ہے۔ میں لاتی ہوں۔" لومڑی نے کہا اور اندر چلی گئی۔ تھوڑی دیر بعد واپس آئی تو اس کے ہاتھ میں دوائی کا ڈبہ تھا۔ اس نے ڈبے کو کھول کر اس میں سے ایک مرہم نکالی اور کارنکو کے کان والے مقام پر لگا دی۔ کارنکو کو محسوس ہوا جیسے اُس کی ساری تکلیف اور درد ختم ہو گیا ہو۔ اس کے چہرے پر جو تکلیف کے آثار تھے، اب جاتے رہے تھے۔ خون نکلنا بند ہو چکا تھا۔ جانے یہ کیسی مرہم تھی!!

"بھئی واہ۔۔۔ خالہ لومڑی! آپ کی دوائی نے تو کمال ہی کر دیا۔" مانکی نے خوشی سے اُچھلتے ہوئے کہا۔

"میری دوا ایسی ہی ہے۔۔۔۔۔۔ تم بتاؤ، کس جگہ تمہیں کالو ریچھ ملا تھا؟"

"وہ کم بخت گھر کے قریب ہی، وہ ایک بڑا سا درخت ہے نا، وہاں ملا تھا۔ وہ بھاگ کر اپنے گھر میں جا گھسا تھا، ورنہ آج اُس کی خیر نہیں تھی۔" مانکی نے غصے سے کہا۔

"تم شیر بادشاہ سے انصاف طلب کرو، آخر اُس ظالم نے تمہارے بھائی کو مارا ہے۔ مجھے اُمید ہے، بادشاہ ضرور انصاف کریں گے اور کالو ریچھ کو زبردست سزا دیں گے۔" لومڑی نے کہا۔

"کیا بات کرتی ہو، تمہارا کیا خیال ہے، ہمارے بھائی کے مارے جانے کی اطلاع اُس تک نہیں پہنچی ہو گی۔ خالہ! کالو ریچھ بہت مکار اور عیار ہے۔ میرا خیال ہے، اس نے بادشاہ کو اپنے ساتھ ملا لیا ہے۔" مانکی نے کہا جب کہ کارنکو ایک طرف کھڑا،

خاموشی سے اُن کی باتیں سن رہا تھا۔ لومڑی کچھ دیر تو خاموش رہی، پھر بولی:

"ٹھیک ہے، تم چونکہ مظلوم ہو، لہٰذا تمہیں بادشاہ سے میں انصاف دلاؤں گی۔ رہی بات کالو کے مکار اور عیار ہونے کی، تم مجھے نہیں جانتے ہو۔ میرا نام لومڑی ہے اور حضرت انسان مجھے جنگل کا سب سے عیار جانور خیال کرتا ہے۔ تم فکر مت کرو، اب اس کالو کے بچے کی خیر نہیں۔"

"بہت بہت شکریہ، خالہ لومڑی! اب ہم چلتے ہیں۔" مانکی نے جلدی سے کہا۔

"ٹھیک ہے، تم جاؤ اور چین کی بانسری بجاؤ، میں اُسے دیکھ لوں گی۔" لومڑی نے ہنستے ہوئے کہا۔ مانکی اور کارنکو وہاں سے چل دیے۔

"شہنشاہِ جنگل! کچھ سنا آپ نے۔" لومڑی نے شیر کے قریب ہوتے ہوئے کہا۔

"کیا ہوا۔۔۔۔۔؟" شیر نے اُسے گھورتے ہوئے پوچھا۔

"وہ جو کالو ریچھ ہے نا، وہ آپ کے خلاف بغاوت کرنا چاہتا ہے۔۔۔۔۔" لومڑی نے دھیمے لہجے میں کہا۔ اُس کی بات سن کر شیر اچھل پڑا، حیرت سے بولا:

"تمہارا دماغ تو خراب نہیں ہو گیا، بھلا وہ میرے خلاف کیوں بغاوت کرنے لگا۔"

"بادشاہ سلامت! اللہ آپ کی عمر دراز کرے، اقتدار کی ہوس نے اُسے اندھا کر دیا ہے اور وہ یہ بھول گیا ہے، اس پر آپ کے کتنے احسانات ہیں اور پھر سب سے بڑی بات یہ کہ وہ سمجھتا ہے، اب آپ بوڑھے ہو گئے ہیں اور حکومت کرنے کے قابل نہیں رہے۔" لومڑی نے پیار بھرے لہجے میں کہا۔

شیر بادشاہ نے چونک کر اُسے دیکھا اور بولا:

"مکار لومڑی! کہیں تم جھوٹ تو نہیں بول رہی ہو؟"

"مجھے آپ کے سر کی قسم بادشاہ سلامت! میں ٹھیک کہہ رہی ہوں۔" لومڑی جھٹ بولی۔ شیر بادشاہ یہ سن کر چپ ہو گیا اور کافی دیر تک خاموش رہا، آخر کہنے لگا:

"اگر یہ بات ٹھیک ہے تو اس پاگل ریچھ کی خیر نہیں۔ غضب خدا کا ۔۔۔۔۔ میں اُس کا اتنا خیال رکھتا ہوں اور ایک وہ ہے کہ میرے ہی خلاف ۔۔۔۔۔" اُس کا چہرہ خوف ناک ہو گیا۔ لومڑی دل ہی دل میں مسکرائی۔ اُس کی چال کامیاب ہو رہی تھی۔

جہاں ظلم ہوتا ہے، وہاں چالیں چلی جاتی ہیں اور بعض اوقات کامیاب بھی ٹھہرتی ہیں ۔۔۔۔۔ لومڑی بھی ایک چال چل رہی تھی ۔۔۔۔۔

"تم جاؤ اور جا کر اُس بے وقوف کو بھیج دو۔" شیر بادشاہ نے کہا اور لومڑی نے مسکراتے ہوئے سلام کیا اور باہر نکل آئی۔ اب اُس کا رُخ کالو ریچھ کے گھر کی جانب تھا۔ جب وہ اُس کے گھر میں داخل ہوئی تو دیکھا ۔۔۔۔۔ اس کے سر پر دوا لگی ہوئی تھی۔ وہ مسکرا دی۔

کالو ریچھ اُسے دیکھ کر حیران رہ گیا:

"کیوں خالہ لومڑی! کیسے آنا ہوا؟"

"بادشاہ کا پیغام لائی ہوں۔" اُس نے ہنس کر کہا۔

"یعنی شیر کا؟" کالو ریچھ نے دانت نکالتے ہوئے کہا۔

"ہاں۔۔۔۔۔۔ چلو آؤ میرے ساتھ۔"

"بات کیا ہے۔۔۔۔۔۔؟"

"مجھے علم نہیں، تم آؤ۔" لومڑی بولی۔

"ٹھیک ہے۔۔۔۔۔۔ چلو مجھے بھی ان سے ایک ضروری بات کرنی ہے۔" کالو ریچھ نے کہا اور دونوں شیر بادشاہ کی طرف روانہ ہو گئے۔ راستے میں ایک جگہ لومڑی رُک گئی۔

"کیا ہوا خالہ لومڑی؟" کالو ریچھ نے حیرت سے پوچھا۔

"تم چلو، میں ابھی آتی ہوں۔" لومڑی نے ایک طرف چلتے ہوئے کہا۔

"کہاں جارہی ہو۔۔۔۔۔۔؟"

"کہیں نہیں، تم چلو۔۔۔۔۔۔ میں بھی تمہارے پیچھے آتی ہوں۔" لومڑی نے کہا اور چھلانگ لگاتی ہوئی چلی گئی۔ کالو ریچھ، شیر بادشاہ کی طرف چلا۔ وہ ابھی شیر بادشاہ کے گھر کے سامنے پہنچا ہی تھا کہ لومڑی بھی وہاں آگئی۔

"ارے خالہ! تم آگئیں؟" کالو ریچھ نے حیرت سے پوچھا۔

"ہاں۔۔۔۔۔۔ میں نے کہا نہیں تھا، تمہارے پیچھے ہی آرہی ہوں۔" لومڑی نے ہنس کر کہا اور شیر کے پاس، اندر پہنچ گئی۔ کالو بھی اندر داخل ہو گیا۔

"کالو! یہ میں کیا سن رہا ہوں ۔۔۔۔۔۔؟" شیر بادشاہ نے اُسے دیکھتے ہی دھاڑتے ہوئے کہا۔

"کک۔۔۔۔۔۔ کک ۔۔۔۔۔۔ کیا؟" کالو بوکھلا اُٹھا۔ اس نے شیر بادشاہ کو اس سے پہلے، اتنے غصے میں کبھی نہیں دیکھا تھا۔

"یہی کہ تم میرے خلاف بغاوت کرنے کا سوچ رہے ہو۔۔۔۔۔۔ یہ بھی تمہارے ہی الفاظ ہیں کہ میں اب بوڑھا ہو گیا ہوں، لہٰذا حکومت کرنے کے قابل نہیں رہا۔" شیر بادشاہ کے منہ سے آگ برس رہی تھی۔

"یہ۔۔۔۔۔۔ یہ آپ سے کس نے کہہ دیا؟" کالو ریچھ کی حیرت قابل دید تھی۔

"اس نے۔۔۔۔۔۔" شیر بادشاہ نے لومڑی کی طرف اشارہ کیا۔

"کیا۔۔۔۔۔۔؟" وہ حیرت سے چلا اُٹھا۔ لومڑی مسکرا رہی تھی۔

"یہ۔۔۔۔۔۔ یہ غلط ہے۔۔۔۔۔۔ اس مکار نے مجھ پر جھوٹا الزام لگایا ہے۔" کالو ریچھ نے کانپتے ہوئے کہا۔

"بادشاہ سلامت! مجھے پہلے ہی علم تھا، یہ ضرور انکار کرے گا، لہٰذا آپ اجازت دیجیے، باہر موجود جنگل کے کچھ دوسرے جانور میری بات کی سچائی کو ثابت کر دیں۔" لومڑی نے نہایت ادب سے کہا۔

تھوڑی دیر بعد جنگل کے کئی جانور شیر بادشاہ کے سامنے تھے۔ وہ سب کالو ریچھ کے ظلم سے آگاہ تھے۔ انھوں نے کالو کے خلاف گواہی دے دی۔ انھیں مانکی اور کارنکو سے ہمدردی تھی۔ سب کی بات سن کر شیر بادشاہ نے جھپٹ کر، ریچھ کی گردن اپنے منہ میں لے لی۔۔۔۔۔۔ پھر شیر بادشاہ نے کالو کی گردن کو زور سے دبایا اور پھر چھوڑتے ہوئے بولا:

"نمک حرام! دُور ہو جا میری نظروں سے۔۔۔۔۔۔ میرے احسانوں کا تم نے اچھا بدلہ دیا ہے۔ بیوی بچوں کو لے کر جنگل سے نکل جاؤ۔ میں آج کے بعد، تمہاری

صورت بھی نہیں دیکھنا چاہتا۔"

"ایک منٹ بادشاہ سلامت۔۔۔۔۔۔ میں کچھ کہنا چاہتی ہوں۔" اچانک لومڑی بول اُٹھی۔

شیر بادشاہ نے گردن گھما کر اُسے دیکھا:

"حضور! کالو ریچھ بہت ظالم ہے، اس نے مانکی اور کارنکو بندر کے بھائی کو بلاوجہ ہلاک کیا تھا۔"

اس کی بات سن کر شیر بادشاہ، کالو کی طرف دیکھنے لگا۔۔۔۔۔۔ کالو کا سر جھکا ہوا تھا۔ اُسے اپنا انجام صاف نظر آرہا تھا۔

"کیا لومڑی کی بات سچ ہے گندے ریچھ۔۔۔۔۔۔؟"

"بادشاہ سلامت! یہ سچ ہے، ہم سب اس بات کے گواہ ہیں۔" سب جانور ایک ساتھ بول اُٹھے۔

"ٹھیک ہے ۔۔۔۔۔۔ لے جاؤ اس بد بخت کو اور قید خانے میں ڈال دو۔" شیر بادشاہ نے غصے سے کہا تو وہاں موجود جانور کالو ریچھ کی طرف بڑھنے لگے۔ ایک طرف موجود، مانکی اور کارنکو خوشی سے اُچھل پڑے۔۔۔۔۔۔

بزرگ سچ ہی کہتے ہیں، ظلم اور زیادتی کا ایک دن جواب تو دینا ہی پڑتا ہے۔۔۔۔۔۔ ہے نا؟

***

۹

# اک ذرا سی شرارت

حسن اختر

دوپہر کا وقت اور شہر کا میلہ عروج پر تھا۔ ڈگڈگی کی ڈُگ ڈُگ پر اسد اور سیما متوجہ ہوئے۔ پاپا سے مداری کا تماشا دیکھنے کے لیے اصرار کیا تو انہوں نے بچوں کی فرمائش قبول کرتے ہوئے رضامندی ظاہر کر دی۔ مداری کا ریچھ ڈگڈگی کی آواز پر بڑی مہارت سے ناچ رہا تھا۔ پاپا کی انگلیاں تھامے اسد اور سیما کو دیکھ کر ریچھ جس کا نام بھولو تھا ایک لمحے کے لیے رُک گیا، اپنے بچپن کے دوست منکو کی طرف حسرت بھری نگاہوں سے دیکھا اور ایک لمبا سانس لیا۔ تخیل کے گہرے سمندر میں غوطہ لگا کر بھولو برسوں پرانی جنگل کی زندگی میں پہنچ گیا تھا۔ بھولو کی آنکھوں کے سامنے گزشتہ زندگی ایک فلم کی طرح چل رہی تھی۔

بھولو اپنے والدین کے ساتھ جنگل میں رہتا تھا۔ ان کے پڑوس میں بندروں کا ایک خاندان آباد تھا۔ بندر فیملی کا اکلوتا بچہ منکو بھولو کا ہم عمر اور دوست تھا۔ والدین کے لاڈ اور پیار سے دونوں کی عادتیں بگڑ گئی تھیں۔ وہ مل کر خوب شرارتیں کرتے اور محظوظ ہوتے تھے۔

کبھی وہ راستے میں کیچڑ اور کیلے کے چھلکے پھینک کر چُھپ جاتے۔ راہگیر جانوروں کو پھسل کر گرتا دیکھ کر ان پر طنز کرتے، ہنستے اور فقرے کستے تھے۔ ہاتھی چاچا، بی لومڑی اور کئی دیگر جانور ان کی شرارتوں کا نشانہ بن چکے تھے۔ آئے روز کے شکوے شکایات سے ان کے والدین بہت شرمندگی اور ندامت محسوس کرتے تھے۔

ایک بار تو حد ہی ہوگئی جب بھولو اور منکو نے بلندی سے جنگل کے بادشاہ شیر کے راستے میں پتھر لڑھکا دیا۔ وہ خوش قسمتی سے بال بال بچ گئے۔ لیکن اس شرارت کے بعد بھولو اور منکو کے والدین کو بادشاہ سلامت کی جانب سے سخت تنبیہ اور خبرداری کا سامنا کرنا پڑا۔ والدین نے تنگ آکر دونوں کو آخری بار سمجھاتے ہوئے کہا، "تم دونوں شرارتوں سے باز نہ آئے تو ایک دن پچھتاؤ گے لیکن اس وقت پچھتاوا تمہارے کام نہیں آئے گا۔"

ڈھیٹ بھولو اور منکو نے ہمیشہ کی طرح یہ نصیحت بھی ایک کان سے سُنی اور دوسرے سے نکال کر ہوا میں اُڑا دی۔ انہیں ایک نئی اور انوکھی شرارت سوجھی۔ ان کے گھر کے پاس ہی ایک چٹان پر شہد کی مکھیوں نے چھتہ بنا رکھا تھا۔ بھولو اور منکو نے چھتے کو پتھر مارے اور شہد تیزی سے زمین پر بہنے لگا۔ وہ مزے دار شہد چاٹ رہے تھے اور دل ہی دل میں خوش ہو رہے تھے۔ منکو بولا، "سب کہتے ہیں کہ ہم شرارتی ہیں حالانکہ ہم تو بہت عقلمند ہیں۔ بھلا شرارت کا پھل شہد کی طرح میٹھا ہو سکتا ہے؟"

بھولو نے اس کی تائید میں کہا، "ہمم اصل مزہ تو شہد کھانے میں ہے۔ دراصل

سب جانور بے وقوف ہیں اور ہماری عقل مندی سے جلتے ہیں۔"

دونوں نے پیٹ بھر کر شہد کھایا اور خوشی سے "ہُرا وہ مارا!" کا نعرہ بلند کیا اور اپنے اپنے گھروں کو چل دیے۔ مکھیاں بہتے ہوئے شہد کو بے بسی سے دیکھتی رہ گئیں۔ ان کی مہینوں کی محنت پل بھر میں خاک میں مل چکی تھی۔ مکھیوں کی ملکہ نے سب کو اکٹھا کیا اور کہا، " اس طرح ہاتھ پر ہاتھ دھرے بیٹھنے کا کوئی فائدہ نہیں۔ قدرت نے ہمیں شہد بنانے کی صلاحیت کے ساتھ ساتھ اپنے دفاع کے لیے ڈنک جیسے ہتھیار سے بھی لیس کیا ہے۔ جس کے استعمال سے ہم دشمن کے خلاف دفاع کر سکتی ہیں۔ آئندہ جب بھولو اور منکو شہد گرانے کی نیت سے آئیں تو اس سے پہلے ان پر ٹوٹ پڑو۔ اسی صورت میں ہم اپنی اور بچوں کی خوراک بچا سکتی ہیں۔ ملکہ نے ان کی حرکتوں کی جاسوسی کے لیے کچھ مکھیوں کی ڈیوٹی لگادی۔

اگلے دن مقررہ وقت پر جب بھولو اور منکو شہد کے ایک چھتے کی طرف بڑھ رہے تھے تو ملکہ نے لڑاکا مکھیوں کو حملے کا حکم سنا دیا۔ شہد کی مکھیوں کے جُھنڈ نے بھولو اور منکو پر ہلہ بول دیا۔ ہزاروں کی تعداد میں مکھیوں کے اچانک وار سے انہیں یوں لگا، جیسے دن میں اندھیرا چھا گیا ہو۔ وہ مکھیوں کے شدید حملے کی تاب نہ لاتے ہوئے بھاگ کھڑے ہوئے۔ دوڑتے دوڑتے وہ جنگل سے شہر کے مضافات میں واقع ایک میدان میں پہنچ گئے۔ اب وہ تھک چکے تھے۔ مکھیاں لگاتار ان کے جسم میں ڈنک پیوست کر رہی تھیں۔ بھولو اور منکو مکھیوں کے جُھنڈ کے خلاف ناکام مزاحمت اور بے بسی سے اچھل کود رہے تھے۔ ایک آدمی دور سے یہ منظر دیکھ رہا تھا۔ بھولو اور منکو کو اس انداز میں کودتا دیکھ کر اس آدمی نے دونوں کے اندر چھپا

ایک ٹیلنٹ تاڑ لیا تھا۔

وہ دوڑا دوڑا ان کے پاس پہنچا۔ نیم بے ہوش بھولو اور منکو کی جان مکھیوں سے تو چھڑائی تاہم دونوں کو قابو کر لیا۔ بھولو کے ناک میں نتھلی اور منکو کے گلے میں رسی ڈال کر باندھا اور اپنے ساتھ گھر لے گیا۔

دراصل وہ آدمی بے روزگار تھا اور اس نے بھولو اور منکو کی اچھل کود سے ان کے اندر چُھپی ناچ اور کرتب کی صلاحیت دیکھ لی تھی۔ وہ آدمی دنیا کا پہلا مداری تھا جس نے یہ پیشہ اپنایا تھا۔ وہ بھولو اور منکو کو مزید کچھ تربیت دے کر سدھانے میں کامیاب ہو گیا۔

بھولو سوچ کے ان کچھ لمحوں سے ابھی پوری طرح باہر نہیں نکلا تھا کہ مداری نے اگلا اشارہ کر دیا اور بے بس بھولو ناچنے لگا۔ وہ خوشی سے نہیں مجبوری سے ناچ رہا تھا اور حسرت سے اسد اور سیما کی طرف دیکھ رہا تھا جو اپنے پاپا کی انگلیاں تھامے اس کا ناچ دیکھ رہے تھے، ساتھ ہی اس کے کانوں میں اپنے باپ کی آواز گونج رہی تھی ،"شرارتوں سے باز آجاؤ ورنہ پچھتاؤ گے لیکن اس وقت پچھتاوا کام نہیں آئے گا۔" منکو نے بھولو کی آنکھوں میں چلنے والی کہانی پڑھ لی تھی۔ لمحے بھر کے لیے اس نے بھی منہ بسورا مگر سب کچھ بھلا کر کرتب بازی میں مصروف ہو گیا کیونکہ اب اسی سے اس کی اور اسکے مالک کی روزی وابستہ تھی۔

بھولو اور منکو والدین کی نافرمانی اور شرارتوں کی سزا آج بھی بھگت رہے ہیں۔ ان کی نسلیں رہتی دنیا تک یہ قرض ادا کرتی رہیں گی۔ اسد اور سیما دونوں بہن بھائی ان رازوں سے بے نیاز مداری کا تماشا دیکھ کر خوشی خوشی پاپا کے ساتھ گھر واپس

آ گئے۔ لیکن بھولو اور منکو کے ذہن میں کئی سوالوں نے جنم لیا تھا جس کا جواب انسان ہی دے سکتا ہے۔

"ایک ذرا سی شرارت کی اتنی بڑی سزا ہو سکتی ہے کہ مداری انہیں گلی گلی اشاروں پر نچاتا پھر رہا ہے؟ کیا شرارت بچوں کا حق نہیں؟ شہر میں رہائش انسان کا حق ہے تو جنگل میں آزادی سے رہنا جانوروں کا حق کیوں نہیں؟" بھولو اور منکو جدید دور کے مہذب انسان کی طرف سے اپنے ان سوالوں کے جواب کے منتظر ہیں؟؟؟

* * *

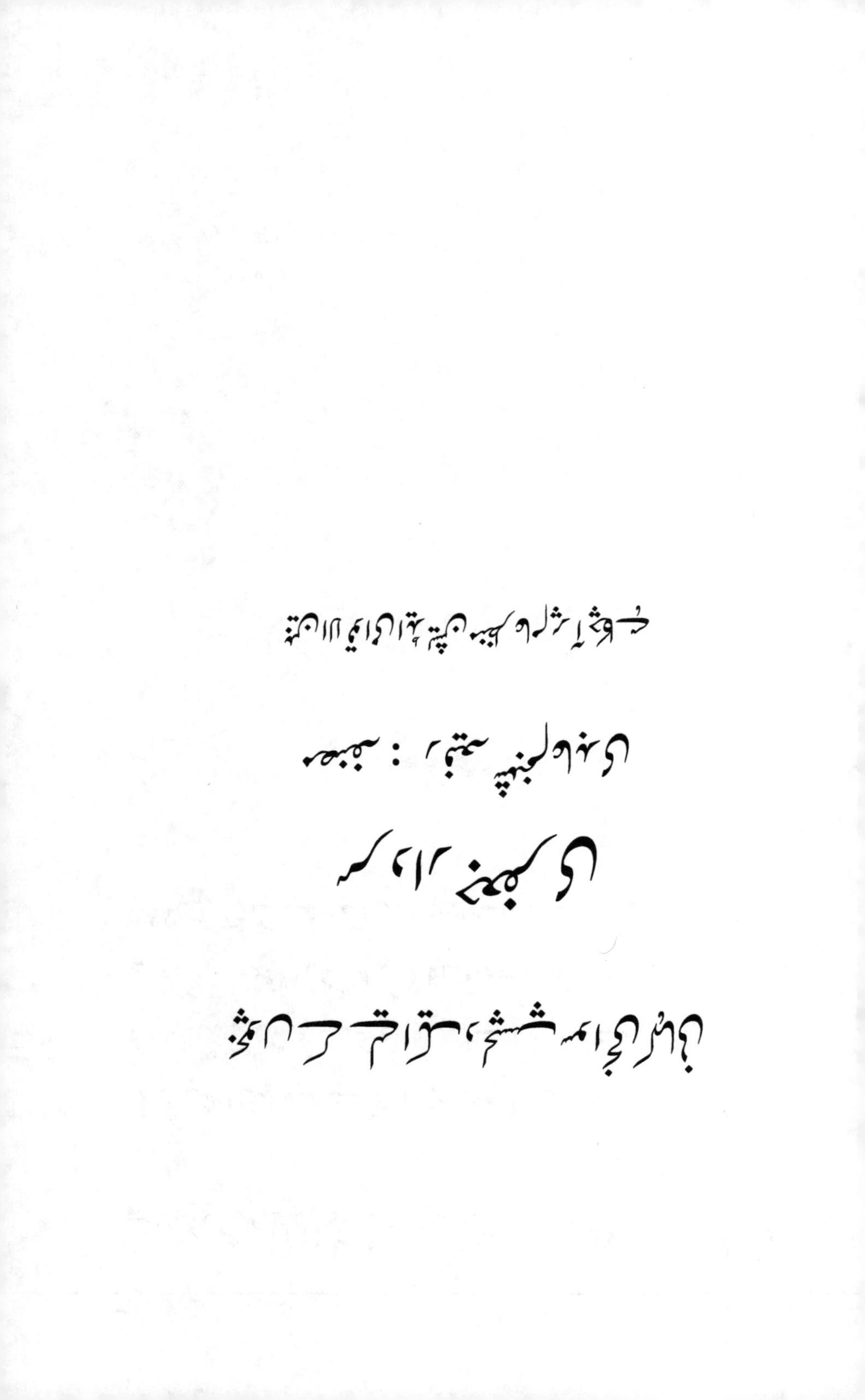

[illegible]

[illegible] : [illegible]

# [illegible]

[illegible]